W0245173

für Ursula

Anton Ottmann, 1945 in Heidelberg geboren. Promovierter Erziehungswissenschaftler und pensionierter Lehrer für Mathematik und Physik, verfasst seit über 30 Jahren Arbeitsmaterialien, Artikel und Bücher zur Pädagogik und Mathematikdidaktik. Bisher erschienen sind die Erzählbände „*Weihnachten heute*" (1996) sowie „*Die Pariserin*" (2004). Preisträger beim Mundartwettbewerb 2007 des Arbeitskreises Heimatpflege.

Anton Ottmann

Weihnachten ist jedes Jahr

*und andere Geschichten
zum Heiligen Abend*

Lindemanns Bibliothek

Bibliografische Information Der Deutschen Bibliothek
Die Deutsche Bibliothek verzeichnet diese Publikation in der
Deutschen Nationalbibliografie; detaillierte bibliografische Daten
sind im Internet über http://dnb.ddb.de abrufbar.

© 2007 · Alle Rechte vorbehalten.
Nachdruck, auch auszugsweise, ohne Genehmigung
des Verlages nicht gestattet.

Lindemanns Bibliothek
Literatur und Kunst im Info Verlag, Band 37
Info Verlag GmbH · Käppelestraße 10
76131 Karlsruhe · Germany
www.infoverlag.de

ISBN 978-3-88190-460-5

Inhalt

Wie es uns gefällt

Larissa schrie auf, weinte laut und rannte zu ihrem Papa. „Sofie hat mich gebissen." Philipp legte die Zeitung auf die Seite und nahm sie in den Arm. „Zeig' mal her!" Es war tatsächlich ein Gebissabdruck zu sehen. „Sofie, das geht zu weit!"

Bärbel, die gerade die Kugeln vom Weihnachtsbaum nahm und vorsichtig in die Schachtel setzte, schaute gar nicht hoch. „Wenn du dich mehr um sie kümmern würdest, wären die beiden nicht so aggressiv."

„Was soll nun das schon wieder heißen? Die ganze Zeit haben sie friedlich gespielt."

„Du sitzt da und liest Zeitung und mich lässt du mal wieder alles alleine machen. Du könntest mit den beiden auch eine halbe Stunde spazieren gehen."

„Du bist heute aber gereizt."

„Das ist ja auch kein Wunder nach den anstrengenden Feiertagen."

„Jetzt übertreib' nicht so. Es war doch ganz schön. Den Kindern hat es auf jeden Fall gefallen."

„Ich bin total kaputt, die beiden sind so durcheinander, dass ich sie abends kaum ins Bett kriege und du sitzt auf der Couch und liest gemütlich Zeitung."

„Bei uns war die letzte Zeit so viel los im Betrieb, dass ich jetzt auch ein bisschen Ruhe brauche."

Bärbel winkte ab und nahm die Mädchen in den Arm. „Ihr habt so viele Geschenke bekommen, da müsst ihr euch doch nicht um eine Puppe streiten. Schau mal das Buch an, das du von der Oma bekommen hast", sagte sie zu der dreijährigen Larissa, und zu der ein Jahr jüngeren Sofie: „Und du holst dein neues Puzzle. Ich sag' es jetzt zum letzten Mal, wenn ihr nicht aufhört, geht jede auf ihr Zimmer."

Als die Kinder nach dem Mittagessen schliefen, hatte ihr Mann schon wieder die Zeitung vor der Nase. Da platzte ihr der Kragen. „Jetzt reden wir mal Klartext: Noch einmal mache ich das Theater nicht mit. Das fängt schon Wochen vorher mit der Diskussion an, wo und wie wir Weihnachten verbringen oder wen wir wann einladen. Und dann das Essen. An Heiligabend müssen es Würstchen mit Kartoffelsalat sein. 'Das ist bei uns Tradition'", äffte sie die Stimme ihrer Schwiegermutter nach. „Und jedes Mal am ersten Feiertag Gans bei deinen Eltern und am zweiten bei meinen noch mal und jeder tut ganz erstaunt: 'Was, ihr habt schon Gans gegessen und ich dachte, ich koche mal etwas ganz Besonderes.'"

„Das sagt aber vor allem deine Mutter", konterte Philipp. „Aber dass wir zum ersten Mal in unseren eigenen vier Wänden Heiligabend gefeiert haben, das war doch super?"

„Einfach toll, vor allem für dich. Außer den Wein aus dem Keller zu holen hast du ja nichts beigetragen. Wer hat denn aufgepasst, dass die Kinder den Baum nicht umwerfen und dass dein Vater sie nicht ständig mit Plätzchen füttert? Und dann musste ich auch noch das beleidigte Gesicht deiner Mutter ertragen."

„Wieso beleidigt? Sie war doch glücklich mit den Kindern."

„Sie war beleidigt, weil sie an Heiligabend zu uns kommen musste."

„Und deine Eltern sind schon gar nicht gekommen, obwohl wir sie ausdrücklich eingeladen hatten."

„Die waren ihr Leben lang an Heiligabend zu Hause und sind auch nicht mehr die Gesündesten. Viel schlimmer fand ich das Rumgehetze und das viele Essen an den Feiertagen. Mittagessen, Kaffee und Kuchen und dann auch noch Nachtessen und jedes Mal hieß es: 'Schmeckt es dir nicht? Nimm doch noch ein Stück.' Ich habe zwei Kilo zugenommen."

Bärbel wurde immer wütender.

„Bei deinen Eltern haben wir zwar nicht ganz so viel gegessen, dafür mussten wir die zwei verzogenen Jungs von deinem Bruder aushalten. Mark ist dauernd auf Sofie losgegangen."

„Er hat doch nur versucht, mit ihr zu spielen. Aber dass wir zwischendurch noch zu deiner Oma und deiner Tante Lydia mussten, das war einfach zu viel. Die mögen ja alle ganz lieb und nett sein. Aber dieses ständige Getue mit den Kindern und die vielen Geschenke, von denen ich das meiste nach Weihnachten wegräumen muss. Und dann die Gespräche: Dieses Jahr hörte ich alles über Krampfadern, letztes Jahr über Unterleibserkrankungen ... Ich glaube, noch ein Jahr vorher waren die Wechseljahre dran. Es wird jedes Jahr schlimmer."

„Mein Gott, so sind sie halt. Wer weiß, was du mal erzählst, wenn du so alt bist."

Als Sofie und Larissa im Bett lagen und sie beide vor dem Fernseher saßen, nahm Bärbel das Gespräch wieder auf. „Wir müssen noch einmal über Weihnachten reden."

„Mein Gott, nicht schon wieder. Vor den Feiertagen sind mir die Diskussionen schon zum Hals rausgehangen und jetzt geht es genauso weiter. Was gibt's denn noch?"

„Ich möchte wissen, wie wir es nächstes Jahr machen. Wenn wir mit der Planung wieder bis November warten, ist der ganze Frust vergessen und es bleibt alles beim Alten. Für ein richtiges Weihnachtsfest hatten wir gar keine Zeit. Wir waren weder zum Kindergottesdienst in der Kirche noch haben wir mit den Kindern Weihnachtslieder gesungen, wie wir es eigentlich vorhatten. Und du wolltest ihnen die Weihnachtsgeschichte erzählen."

„Ja, ja, aber die hatten sie ja schon im Kindergarten gehört."

„Willst du in Zukunft alles anderen Leuten überlassen?"

„Mein Gott, mach doch keine Grundsatzdiskussion daraus."

„Ich würde so gerne mal Weihnachten im Gebirge erleben, mit Schnee und einem Gottesdienst in einer alten Dorfkirche", schwärmte Bärbel, „irgendwie stelle ich mir das romantisch vor, wenn wir eingemummt durch das verschneite Dorf stapfen und mit den Einheimischen Weihnachtslieder singen."

„Ich wusste gar nicht, dass du gerne singst."

„Ich war immerhin mal im Kinderchor", wehrte sich Bärbel. „Aber darum geht es ja gar nicht. Wir könnten uns eine Ferienwohnung nehmen und ein kleines Bäumchen schmücken. Da gibt es sicher auch eine Kinderbetreuung und wir könnten mal was ganz für uns alleine machen. Was meinst du?"

Philipp fand den Vorschlag und vor allem die Vorstellung, mal wieder Ski zu fahren, verlockend. Die Verpflichtungen gegenüber der Verwandtschaft wären sie damit auch los. Nachdem sie darüber einig waren, konnten sie sich endlich ungestört dem Krimi widmen, von dem sie schon den Anfang verpasst hatten.

*

Anfang November saßen sie beim gemütlichen Sonntagsfrühstück. Philipp richtete sich gerade genüsslich eine Weißbrotscheibe mit Lachs, als Bärbel aus heiterem Himmel fragte: „Was ist eigentlich mit unserem Weihnachtsurlaub. Müsstest du dich da nicht langsam kümmern?"

„Jetzt fängt das Theater schon wieder an." Am liebsten hätte er den Lachs wieder zurückgelegt. Appetit hatte er keinen mehr. „Ich habe schon im Betrieb gefragt, es ist noch nicht sicher, ob ich frei bekomme."

„Das gibt es nicht, bisher hat es doch immer geklappt."

„Na ja, andere haben Schulkinder und die kommen zuerst.

Wir könnten auch noch ein paar Tage im Januar fahren, da hätte mein Chef überhaupt nichts dagegen."

Als hätte er es geahnt, rief ihn zwei Tage später seine Mutter im Büro an. „ Ich wollte mit dir über die Weihnachtsgeschenke reden. Larissa würden wir gerne einen Puppenwagen und Sofie einen Schlitten kaufen."

„Da steht nichts dagegen. Vor allem der Schlitten passt, weil wir dieses Jahr in Winterurlaub fahren."

„Oh schön, und wann?"

Er räusperte sich: „Na ja, eigentlich über Weihnachten."

„Was? Aber doch nicht an den Feiertagen! Wir freuen uns schon das ganze Jahr darauf. Dein Vater mag es, wenn die ganze Familie beisammen ist, wenigstens einmal im Jahr. Und Larissa und Sofie, die wollen doch auch Oma und Opa besuchen." Und schon kam der meistgefürchtete Satz: „Junge, das kannst du mir nicht antun!"

„Ach Mutter, es ist ja noch nicht sicher. Vielleicht fahren wir auch erst nach den Feiertagen."

Seine Mutter atmete auf: „Hast du mir einen Schrecken eingejagt! Dann braucht ihr euch an Heiligabend keine Arbeit zu machen, kommt doch einfach zu uns. Ich koche etwas Schönes. Vielleicht Würstchen mit Kartoffelsalat? Das hast du immer so gerne gegessen."

„Das muss ich erst mit Bärbel besprechen."

„Da weiß ich schon, was rauskommt."

Etwa zur gleichen Zeit wurde Bärbel von ihrem Vater angerufen. „Na, wie geht's meinen Mädchen?"

„Soll ich sie ans Telefon holen?"

„Nachher, zuerst wollte ich fragen, was sie sich zu Weihnachten wünschen. Haben sie schon etwas gesagt?"

„Einen Schlitten könnten beide gebrauchen!"

„Fahrt ihr in Winterurlaub?"

„Das haben wir geplant. Mal so richtig hohen Schnee, das kennen sie nicht. Ich denke, das wäre schon ein Erlebnis."

„Und wann wollt ihr fahren?"

„Wenn Philipp zwischen Weihnachten und Neujahr frei bekommt, könnten wir die Zeit optimal nutzen."

„Ja, aber über die Feiertage seid ihr doch da?"

„Eher nicht, sonst lohnt die weite Fahrt nicht."

„Dann müsst ihr wenigstens an Heiligabend zu uns kommen. Ihr könnt ja noch am ersten Feiertag fahren und ihr braucht nicht zu kochen, deine Mutter macht das gerne für euch."

„Da wollten wir eigentlich schon weg sein."

„Das kannst du deiner Mutter nicht antun und denke doch auch an die Kinder."

„Na ja, mal sehen, irgendwie werden wir das schon hinbekommen", lenkte sie ein.

„Wenn du deinen Mann fragst, weiß ich schon, was dabei rauskommt.

Die Kinder waren im Bett, Bärbel und Philipp saßen vor den Abendnachrichten. Da wurde gerade der Wintereinbruch in den bayerischen Alpen gezeigt.

„Was ist denn jetzt eigentlich mit unserem Urlaub? So langsam müssten wir uns mal entscheiden", meinte Bärbel.

„Mein Chef hätte gerne, dass ich erst nach den Schulferien Urlaub nehme, außerdem ist es im Januar billiger und die Schneeverhältnisse sind besser."

„Na ja, Hauptsache wir fahren. Die Kinder haben ihren Freunden doch schon erzählt, dass wir dieses Jahr in den Bergen Schlitten fahren gehen." Sie sagte ihm nicht, dass sie sich insgeheim erleichtert fühlte und froh war, dass von ihm der Rückzieher kam.

„Sie ist erstaunlich gelassen", dachte Philipp und meinte versöhnlich: „Schatz, so leid es mir tut, aber gegen den Chef kommen wir beide nicht an. Machen wir das Beste draus."

„Und was bedeutet das für Heiligabend?"

„Warum gehen wir nicht mal wieder zu meinen Eltern, dann könnten wir uns das Kochen und alles Drumherum sparen. Die Kinder dürfen dort übernachten und wir beide gehen in die Christmette, so wie früher." Er strahlte sie an.

„Nein, also das kommt überhaupt nicht in Frage", wehrte sich Bärbel, „genau das wollten wir nicht mehr. Dann bleibe ich lieber zu Hause und koche selbst eine Kleinigkeit."

„Mit Würstchen und Kartoffelsalat wäre ich voll zufrieden."

Bärbel stöhnte: „Ich weiß, wie du es gewöhnt bist."

„Ich will doch nur nicht, dass du wieder gestresst bist. Außerdem essen wir an den beiden Feiertagen so viel, dass wir es an Heiligabend bescheiden angehen lassen können."

„Na ja, vielleicht fällt mir noch etwas anderes ein, das nicht viel Arbeit macht."

„Ganz wie du willst, aber denk an die Kinder, die freuen sich immer auf Würstchen. Und am ersten Weihnachtstag gehen wir dann wie immer zu meinen Eltern ...".

„... bei denen es Gans gibt", unterbrach Bärbel.

„Dann essen wir halt zweimal das Gleiche, denn bei deiner Mutter gibt's die am zweiten Feiertag bestimmt auch."

„Na ja, einmal im Jahr erträgt man das. Wer weiß, wie lange die Mütter noch fit sind."

„Ich fürcht' nur, dass sie beleidigt sind, weil wir sie an Heiligabend nicht einladen."

Zwei Tage vor Heiligabend schloss der Kindergarten, sodass Bärbel beide Mädchen den ganzen Tag im Schlepptau hatte. Philipp kam noch später als sonst nach Hause. „Du weißt doch, dass es bei uns im Dezember immer besonders hektisch zugeht." Sie konnte aber den Verdacht nicht loswerden, dass dies nur ein Vorwand war. Zu den Einkäufen von Lebensmitteln, Getränken und dem vielen Kleinkram, den sie noch brauchte, musste sie jetzt beide Kinder mitnehmen, die vor jeder Puppe, jedem Nikolaus und jeder Krippe stehen blieben. Dauernd musste sie Acht geben, dass sie nichts aus den Regalen nahmen oder plötzlich verschwunden waren. Und doch, in diesem Jahr konnte nichts ihre Laune trüben. Der Gedanke, dass sie nach den Feiertagen ins Gebirge fahren würden, hielt sie aufrecht. Philipp hatte die Planung übernommen und ein familienfreundliches Hotel mit Kinderbetreuung gefunden. Außerdem waren eine Skischule und ein Schlittenbuckel in der Nähe.

An Heiligabend wollten sie eigentlich ausschlafen, aber die Kinder kamen schon um sechs Uhr früh ins Bett geklettert. Sie wollten wissen, ob und wann das Christkind kommt. Oder doch der Weihnachtsmann?

Philipp erklärte ihnen, dass sie am Nachmittag in den Kindergottesdienst gingen, und inzwischen würde ihnen das Christkind die Geschenke unter den Weihnachtsbaum legen.

„Ich will hier bleiben und auf das Christkind warten", quengelte Larissa. Sofie nickte zustimmend.

„Es kommt nur, wenn alle aus dem Haus sind, weil es nicht gesehen werden will."

Während Philipp mit den Kindern einen kleine Spaziergang machte, verpackte Bärbel noch ein paar Geschenke und das Weihnachtsgebäck. Sie legte alles unter den Weihnachtsbaum. In diesem Moment klingelte es. Hatte Philipp schon wieder den Schlüssel vergessen? Vor der Haustüre standen ihre Eltern, strahlend und schwer beladen.

„Was macht ihr denn hier?", fragte sie überrascht.

„Ich dachte, du freust dich?", antwortete ihre Mutter munter. „Wir wollen nur kurz die Geschenke vorbeibringen und frohe Weihnachten wünschen."

„Wir sehen uns doch übermorgen. Aber kommt rein, wir müssen ja nicht unter der Haustüre stehen bleiben. Soll ich einen Tee machen?"

„Wir dachten halt, wir schauen schnell vorbei, wir sind auch gleich wieder weg. Wo sind denn die Kinder?"

„Die sind noch unterwegs mit Philipp. Wollt ihr die Geschenke dalassen? Ich bin ein bisschen in Eile, weil wir nachher zusammen in die Kirche gehen."

„Egon, wir stören. Auf, wir gehen wieder!", sagte ihre Mutter gereizt. „Hier habe ich Weihnachtsgebäck, du hast ja bestimmt keines gebacken!" Sie hielt ihrer Tochter das durchsichtige Päckchen mit Tränen in den Augen entgegen.

„Deine Lieblingssorten", ergänzte ihr Vater vorwurfsvoll, „deine Mutter hat gebacken, obwohl sie es so im Kreuz hat."

Bärbel starrte den beiden nach, als sie genauso beladen, wie sie gekommen waren, das Haus verließen.

„Warum sind wir nicht in die Berge gefahren?" stöhnte sie.

„Bin ich froh, dass ich das nicht miterleben musste", meinte Philipp, als er kurze Zeit später mit den Kindern zurückkam, „ich hätte bestimmt etwas Unfreundliches gesagt und dann hätten wir Weihnachten vergessen können."

Ohne weitere Zwischenfälle machten sie sich auf zum Kindergottesdienst. Auf dem Heimweg plapperten die Mädchen eifrig und erkundigten sich zum hundersten Mal, ob das Christkind oder der Weihnachtsmann die Schlitten bringen würde. Die Aufregung der beiden steckte an und ließ den ganzen Ärger vergessen. Da sahen sie schon von weitem zwei vermummte Gestalten vor der Haustüre stehen. „Deine Eltern werden doch nicht zurückgekommen sein, um sich zu entschuldigen?", meinte Philipp halb im Scherz.

Bärbel hatte bessere Augen: „Das sind deine!"

Da rissen sich die Mädchen auch schon los und rannten begeistert auf die Großeltern zu: „Oma, Opa!"

„Was macht ihr denn ihr hier?", empfing sie Philipp.

„Zuerst mal frohe Weihnachten Kinder", lachte sein Vater. „Fast wären wir unverrichteter Dinge wieder abgezogen. Wir wollten nur kurz vorbeischauen und die Geschenke bringen, nicht wahr, Sofie?" Er nahm die Kleine auf den Arm und drückte ihr einen lauten Schmatz auf die Wange.

„Was ist da drin, Opa?" Larissa griff nach einem Päckchen.

„Kinder, lasst das!", wehrte die Oma ab und sagte mit Blick auf ihre Schwiegertochter: „Ich glaube, wir sind nicht willkommen, wir gehen auch gleich wieder!"

„Es tut mir leid, aber wir müssen das Essen richten. Die Kinder sollen danach gleich ins Bett, die sind jetzt schon müde und quengelig."

Philipp hielt die Tür auf: „Kommt doch erst mal rein."

„Nein, wir gehen." Seine Mutter griff in ihre große Tasche und holte ein Päckchen heraus. „Gib das den Mädchen, damit sie an Heiligabend wenigstens ein bisschen Weihnachtsgebäck essen können."

Da weinte Larissa los: „Die Oma soll bleiben." Sofie stimmte ein, ohne richtig zu wissen, um was es ging.

Bärbel nahm die Mädchen an die Hand. „Jetzt kommt rein. Oma und Opa können nicht bleiben. Wir schauen mal nach, ob das Christkind schon da war."

Ihr Schwiegervater bückte sich seufzend und trug die Geschenke brummelnd wieder ins Auto: „Das wird mal wieder ein gelungenes Weihnachtsfest."

*

Zwei Wochen später saßen sie im Auto auf dem Weg in die bayerischen Alpen. Bärbel wartete, bis die Mädchen in ihren Kindersitzen eingeschlafen waren. „Ich bin total erledigt, ich hab' gedacht, ich erlebe es nicht mehr. Heiligabend war ich so was von kaputt. Am liebsten wäre ich mit den Kindern zusammen ins Bett gegangen. Von deiner Mutter werden wir noch in zehn Jahren zu hören bekommen, dass wir sie vor der Türe stehen ließen."

„Dass es am ersten Feiertag einen Karpfen statt Gans gab, war ein großes Entgegenkommen. Du hättest ruhig ein Wort der Anerkennung sagen können."

„Das mit dem Essen hat sie dir zuliebe gemacht. Mit mir hat sie so gut wie nichts gesprochen."

„Aber mein Vater, der mag dich, der flirtet geradezu mit dir."

Bärbel winkte ab. „Du wirst doch wohl nicht eifersüchtig sein? Da reicht mir schon deine Mutter."

„Bei dir zu Hause war es auch nicht besonders lustig. Du hast dich wie jedes Jahr mit deinem Bruder gestritten." Philipp lachte: „Am besten hat mir gefallen, dass unsere Mädchen ihren Cousin Mark verhauen haben, diesen Angeber. Wie eine Furie ist seine Mutter dazwischen gegangen, es ging schließlich um ihren Augapfel."

„Nächstes Jahr fahren wir an Weihnachten in die Berge und feiern mal ganz für uns, nur wir zwei und die Kinder, dann sind wir alle Probleme los."

Eine ganze Weile herrschte Ruhe. Da sagte Bärbel nachdenklich und völlig ernst: „Sag mal, so weit waren wir doch schon mal, oder täusche ich mich?"

Philipp fing plötzlich an zu lachen, er lachte und lachte immer lauter, schließlich fiel Bärbel ein. Sie lachten, bis Sofia aufwachte und anfing zu weinen.

Während sie sich nach hinten drehte und Sofie den Schnuller gab, sagte Bärbel: „Meinst du, wir schaffen es irgendwann einmal, unsere eigenen Weihnachten zu feiern, ganz so, wie wir es wollen?"

Busfahrt

Karoline grüßte beim Einsteigen freundlich mit dem französischen „Salut". Wilhelm, der Busfahrer, gab nur halblaut Antwort, setzte dann aber hinzu: „Frau Jehl, das heißt jetzt 'Heil Hitler'. Sie wissen doch, Französisch ist verboten."

„Irgendwann ändern sich die Zeiten auch wieder!"

Er schaute nervös auf die hinter Karoline anstehenden Fahrgäste. An diesem unfreundlichen Dezembermorgen kurz vor Weihnachten 1943 war im Elsass nichts mehr so, wie es sein sollte, ein falsches Wort und ...

Sie wechselte ganz schnell das Thema. „Wie geht es der Familie?"

„Sie wissen doch, wie es ist. Unser Jean, oder Johann, wie wir ihn jetzt nennen müssen, ist in Russland und wir haben schon eine ganze Weile keine Nachricht von ihm. Wir beten jeden Tag, dass er lebt. Sie haben sicher gehört, dass wir schon unseren Jüngsten, den Michael, verloren haben. Susanne ist drüben im Badischen im Arbeitsdienst, das macht uns auch Sorgen. Und wie geht's Ihnen?"

Sie winkte ab. „Zum Verzweifeln. Albert ist in Russland und was mit Anton ist, wissen wir nicht. Wir vermuten aber, dass er in amerikanische Gefangenschaft geraten ist", und leise flüsternd, „das wäre das Beste für ihn." Mit normaler Lautstärke fragte sie: „Wann fährt heute Abend der letzte Bus, sehen wir uns dann noch mal?"

„Wenn nichts dazwischen kommt, 18.15 Uhr. Vor zwei Tagen sind wir in einen Bombenangriff geraten und konnten nicht weiterfahren. Der Bus ist beschädigt worden und durch die Splitter von den Scheiben wurden einige Fahrgäste verletzt, zum Glück niemand ernsthaft. Hoffentlich bleibt es heute ruhig."

Karoline setzte sich neben eine Bauersfrau, die sie kannte, und gab ihr die Hand: „Bonjour, Madame Streng."

Diese grüßte genauso zurück, herausfordernd um sich schauend, sie wusste genau, dass jedes französische Wort unter Strafe gestellt war. Sie erzählte vom Besuch bei der Tochter in Colmar und dem vergeblichen Versuch, ein paar Einkäufe zu machen. Sie bräuchte dringend ein paar Schuhe zur Hochzeit ihrer Ältesten und ein paar Haushaltsartikel. Aber selbst mit Bezugscheinen war so gut wie nichts mehr zu bekommen, wenn man nichts zu tauschen hatte. Nun musste sie heute Morgen unverrichteter Dinge wieder nach Hause nach Markolsheim fahren.

Karoline nickte. „Wem sagen Sie das? Da fahre ich auch hin, mal wieder die Familie und ehemalige Nachbarn besuchen. Ich hoffe, ich kann ein paar Lebensmittel bekommen. Ich brauche dringend Mehl, Eier und Butter, damit ich ein paar 'Weihnachtsbrädla' backen kann. Die Kinder freuen sich schon darauf." Sie zeigte ihr den selbstgebrannten Schnaps und die Servietten aus ihrer Aussteuer. „Vielleicht kann ich dafür etwas bekommen."

„In diesem Winter sind viele Städter unterwegs zum Hamstern. Manchmal kommen welche auf den Hof, die betteln richtiggehend. Herschenken können wir nichts, so viel haben wir selbst nicht übrig. Außerdem können wir nicht alles brauchen, was die Leute so anschleppen, was mache ich mit drei Sorten Silberbesteck? Aber in der Stadt ist es schlimm, da haben viele nicht einmal ein Ei", ergänzte sie kopfschüttelnd und gleich darauf augenzwinkernd, „die Servietten würden mir allerdings auch gefallen, kommen Sie doch mal bei uns vorbei, für gute Bekannte ist immer noch was da. Wenn die Deutschen

Razzia machen, ist eh alles weg. Das ist jetzt schon die vierte Weihnacht unter deutscher Besatzung. Hoffentlich hat das bald ein Ende ..."

Am Abend tauchte Karoline pünktlich und schwer bepackt an der Bushaltestelle auf.

„Wie ich sehe, hatten Sie Erfolg", grüßte Wilhelm, der hinter dem Steuer wartete und schon den Motor warm laufen ließ. „Wir fahren gleich. Schauen Sie, dass Sie einen anständigen Platz bekommen. Heute ist nicht viel los."

Karoline setzte sich neben einen älteren Herrn, der krampfhaft einen prall gefüllten Rucksack auf dem Schoß festhielt. Er sah erschöpft aus. Nach seiner Kleidung zu urteilen, hatte er schon bessere Zeiten gesehen. Sie sprach ihn leutselig an: „Guten Tag." „Heil Hitler" brachte sie beim besten Willen nicht über die Lippen.

Er nickte nur. Karoline sah, dass seine Hände zitterten. „Na, auch für Weihnachten ein paar Lebensmittel eingetauscht?"

Der Herr sah sich ängstlich um. „Pst, nicht so laut. Ich war bei Verwandten, die haben mir etwas Schinken und Wurst geschenkt. Das gibt ein freudiges Fest."

Sie lächelte. „Ich verstehe. Schön, wenn man so großzügige Verwandte hat. Sind Sie auch aus Colmar?"

Er nickte.

Wilhelm rief in den Fahrgastraum: „Fehlt noch jemand?"

„Mach' und fahr'", rief eine jüngere Frau, die ihn anscheinend gut kannte, „ich will heim zu meinem Schatz."

„Ja, ja, nicht dass er sich inzwischen nach Russland davon gemacht hat."

„Der mag's nicht gerne kalt", gab sie lachend zurück.

Da klopfte es an die Bustüre. Draußen standen die beiden Dorfpolizisten, Deutsche, die hierher versetzt worden waren.

Der Mann neben Karoline bekam Schweißperlen auf die Stirn. Sie tätschelte ihm die verkrampften Hände. „Nur ruhig.

Die kontrollieren nur die Ausweise. Habe mich schon gewundert, warum sie heute so spät kommen. Die sind harmlos."

„Heil Hitler", riefen die Polizisten in den Bus, keiner antwortete.

„Wir suchen Frau Jehl", sagte der Ältere zum Fahrer, und zu den Fahrgästen: „Ist Frau Jehl im Bus, kennt jemand Frau Jehl?"

„Das weiß ich doch nicht", gab Wilhelm kurz angebunden zurück, „ich frage meine Fahrgäste nicht nach dem Namen."

Die beiden sahen sich kurz im Bus um. „Also dann, Ausweiskontrolle."

Karoline hatte wie alle anderen den Wortwechsel gespannt verfolgt. Jetzt bemerkte sie, dass ihr Nachbar immer nervöser wurde. „Gleich kriegt er einen Schlaganfall", dachte sie. Sie erhob sich schwerfällig. Die Polizisten hatten sich schon die ersten Ausweise zeigen lassen.

„Ich bin Madame Jehl", meldete sie sich energisch, „was ist so wichtig, dass ihr mich aus dem Bus holt?"

Einer der Polizisten winkte sie zu sich: „Kommen Sie bitte mit, es liegt eine Anzeige gegen Sie vor." Sein Kollege nahm ihre Taschen.

Unter den Fahrgästen wurde es unruhig. „Was wollt ihr von der alten Frau?", meldete sich einer. „Die hat doch nichts verbrochen. Geht es jetzt schon an unbescholtene Bürger?"

„Ihr Schwobe müsst eh bald abhaue', lasst sie in Ruhe", rief eine Frau aus den hinteren Sitzreihen.

Jetzt wurde der jüngere Polizist sauer. „Was fällt euch ein? Ich nehme gleich alle fest. Das sind staatsfeindliche Äußerungen, das können wir nicht durchgehen lassen. Ich schreibe jetzt alle Personalien auf."

Lautes Gelächter schallte ihm entgegen.

Sein Kollege packte ihn am Ärmel. „Kurt, lass, du kannst dich nicht mit dem ganzen Bus anlegen. Wir nehmen die Frau mit. Auf der Wache sehen wir weiter."

Karoline war inzwischen ausgestiegen. Sie wollte das Ganze hinter sich bringen. Angst hatte sie keine. Das größere Problem war, später noch nach Hause zu kommen, wenn der Bus fort war. Der Busfahrer Wilhelm hatte Mitleid, spontan rief er ihr nach: „Frau Jehl, wir warten auf Sie!"

Auf der Wache wurde sie aufgefordert, ihre Taschen auszupacken. Sie stellte Butter, Mehl, Eier und Speck ordentlich nebeneinander auf einen Schreibtisch.

„Nehmen Sie Platz", wies sie der ältere Polizist an. „Frau Jehl, reden wir nicht drum herum. Sie haben sich illegal Lebensmittel besorgt. Die werden beschlagnahmt und kommen denen zugute, die für das Vaterland kämpfen."

Karoline antwortete spitz: „Da bin ich mir aber gar nicht sicher."

„Geben Sie Acht, was Sie da sagen! Im Deutschen Reich herrscht Ordnung. Nun zu Ihnen, uns liegt eine Anzeige vor."

Von einem aus Markolsheim, ihrem Heimatort? Karoline konnte sich das nicht vorstellen. Sie war doch mit allen gut bekannt.

„Mir macht das Ganze auch keinen Spaß, das können Sie mir glauben, aber wir müssen der Anzeige nachgehen, Vorschrift ist Vorschrift. Sagen Sie einfach, von wem die Lebensmittel sind, dann können Sie gehen. Aber wir können nicht dulden, dass sich einzelne Bauern auf Kosten des Volkswohls bereichern. In diesen schweren Zeiten müssen alle Opfer bringen."

„Sie glauben doch nicht, dass ich einen Landsmann verrate. Ich könnte ja nicht mehr auf die Straße gehen. Behalten Sie die Lebensmittel und lassen mich in Ruhe. Haben Sie nichts anderes zu tun, als eine alte Frau zu schikanieren? Ich habe schon zwei Söhne, die für das Reich ihren Kopf hinhalten, das ist Opfer genug, meinen Sie nicht?"

Die beiden sahen sich an. Roland, der Ältere, sagte: „Ich habe ja Verständnis für Sie, aber wenn Sie so weiter reden, bringen Sie sich in Teufels Küche. Ich kann das nicht dulden."

„Machen Sie gerade, was Sie wollen. Ich verrate niemanden. Da könnte ich keine Nacht mehr ruhig schlafen." Sie war längst nicht so selbstsicher wie sie sich gab. Sie merkte, dass es ernst wurde und langsam kroch Angst in ihr hoch. Aber vor diesen beiden „Schwobe", wie die Deutschen im Elsass genannt wurden, würde sie sich keine Blöße geben.

Roland gab seinem Kollegen einen Wink: „Sag' dem Busfahrer, er soll endlich abfahren, das Motorengeräusch macht mich ganz nervös."

Als sein Kollege verschwunden war, nahm er einen Stuhl und setzte sich Karoline gegenüber. „Frau Jehl, eigentlich sollte ich es nicht sagen, aber ich verspreche Ihnen, wenn Sie uns den Bauern nennen, lass ich Sie gehen und Sie kommen mit einer Geldstrafe davon. Das Geld ist eh nichts mehr wert."

„Und was passiert mit dem Bauern? Den bringt ihr nach Schirmeck ins KZ!"

Roland zuckte mit den Schultern. „Was wissen Sie davon, da wird viel erzählt und das meiste stimmt nicht. Aber im Grund hat er sich das selbst zuzuschreiben."

Kurt kam hereingestürmt, er war empört: „Der Busfahrer sagt, er fährt nicht ohne die Frau und der ganze Bus hat Beifall geklatscht. Das können wir uns nicht gefallen lassen. Das ist Aufruhr. Wir müssen das melden."

„Jetzt mach aber halblang! Lass die nur noch eine Weile da draußen sitzen, die wollen doch alle nach Hause. Die werden schon nicht die ganze Nacht da zubringen wollen."

Plötzlich hörten sie Gesang. Kurt öffnete das Fenster und steckte den Kopf hinaus: „Das kann nicht wahr sein, das kommt aus dem Bus, die singen – Weihnachtslieder."

„Bist du sicher? Singen sie deutsch?"

„Natürlich deutsch", mischte sich Karoline ein. „Wir können nur deutsche Weihnachtslieder. Das ist doch nicht verboten, oder?" Sie war so wütend, wütend auf diese dummen Polizisten, auf irgendeine neidische missgünstige Person, die sie verraten hatte, auf den Krieg, auf die Deutschen, die für das ganze Elend verantwortlich waren. Und doch: dass die Leute im Bus Weihnachtslieder sangen und auf sie warteten, das erfüllte sie mit Stolz, das machte ihr Mut. Nein, nie im Leben würde sie verraten, woher sie die Lebensmittel hatte.

„Jetzt reicht's, länger lassen wir uns nicht an der Nase herumführen." Kurt griff nach dem Telefonhörer. Sein Kollege trat schnell neben ihn und drückte auf die Gabel. „Bist du verrückt? Wen willst du anrufen?", und leise flüsternd: „Sollen die merken, dass wir mit einer alten Frau und ein paar eigensinnigen elsässischen Bauern nicht fertig werden?"

„Und was machen wir dann?"

Roland startete einen letzten Versuch: „Frau Jehl, seien Sie doch vernünftig. Wenn mein Kollege bei der Gestapo anruft, dann haben wir keinen Einfluss mehr. Sie bringen sich und Ihre ganze Familie in Schwierigkeiten."

Karoline traten Tränen in die Augen. Nein, das wollte sie nicht und doch sagte sie trotzig: „Es tut mir leid, ich verrate niemanden."

„Sie rühren sich nicht vom Fleck", wurde sie angewiesen. Roland wandte sich an seinen Kollegen: „Komm Kurt, wir sehen zuerst mal nach dem Bus. Ich will nicht, dass der ganze Ort das mitbekommt."

Vor den Häusern und an der Bushaltestelle standen Leute beisammen, um sich zu erkundigen, was da los sei. Andere schauten aus den Fenstern. Einer rief ihm zu: „He, Wachtmeister, was ist los? Fährt der Bus heute nicht?"

Er winkte nur ab und ging noch schneller. Wütend riss er die Bustüre auf, trat die drei Stufen hoch und brüllte: „Ruhe!"

Augenblicklich verstummten die Sänger. Bei aller Starrköpfigkeit, Angst hatten sie alle. Wilhelm war wütend: „Wachtmeister, ich sag's noch mal. Ich fahre nicht ohne Frau Jehl, da könnt ihr machen, was ihr wollt."

„Und wir bleiben sitzen!", rief einer von hinten.

„Gott sei Dank singen sie nicht mehr", dachte Roland, als er seinen Kollegen vom Bus wegzog. „Hör mal, warum lassen wir die Frau nicht gehen? Wir machen uns nur lächerlich. Ich habe keine Lust, mich am Ende mit dem ganzen Dorf anzulegen. Und was hat sie schon getan? Denk doch mal an uns zu Hause. Da ist doch auch jeder froh, wenn er etwas ergattern kann."

Kurt kratzte sich am Kopf: „Dir ist hoffentlich klar, was passiert, wenn rauskommt, dass wir uns von den Leuten hier über den Tisch ziehen lassen."

„Ach, wir sagen einfach, wir haben nichts Verdächtiges gefunden, fertig aus. Wer soll uns das Gegenteil beweisen? Und ins Protokoll kommt das auch."

Karoline hatte sich schon ausgemalt, wie die Gestapo sie in Handschellen abführen würde. Sie wagte nicht daran zu denken, was die alles machten, um einen zum Reden zu bringen. Darüber kursierten ohnehin die wildesten Gerüchte. Ob sie jemals ihre Familie wiedersehen würde? Für was das alles? Für ein paar Lebensmittel zum Weihnachtsbrädla backen.

Sie konnte es kaum fassen, als die beiden Beamten ihr eröffneten, sie könne gehen. „Packen Sie ihre Sachen wieder ein und wenn Sie gefragt werden, sagen Sie, wir hätten nichts Verdächtiges gefunden. Und jetzt machen Sie, dass Sie fortkommen." Roland wies seinen Kollegen an: „Kurt, hilf ihr, die Taschen zum Bus zu tragen."

Dort wurde sie mit Beifall begrüßt. „Wie haben Sie das gemacht?", fragte Wilhelm.

„Ich habe gar nichts gemacht. Wenn Sie sich nicht geweigert hätten abzufahren, hätten sie mich nicht gehen lassen.

Dafür danke ich Ihnen von Herzen. Ich weiß nicht, ob ich das einmal gutmachen kann."

Der ältere Herr saß immer noch auf seinem Platz, leichenblass. Er hatte sich schwer atmend zurückgelehnt. „Schön, dass Sie wieder da sind", sagte er.

„Was ist mit Ihnen, sind Sie krank?"

Er winkte ab: „Sie haben mir das Leben gerettet. Wenn Sie mich kontrolliert hätten, nicht auszudenken. Besser man redet nicht so viel."

Am Tag vor Heiligabend, eine Tasse dampfenden Muckefuck, den Ersatzkaffe, in der Hand, saßen sich Kurt und Roland am Schreibtisch gegenüber und unterhielten sich über die Situation an der Ostfront. Ihre Söhne waren beide dort und wie alle Eltern lebten sie in ständiger Angst um sie, besonders jetzt im Winter. Da klopfte es.

Nach zackigem „Herein!" erschien ein blond gelockter Kopf, zu dem eine junge hübsche Frau gehörte: „Guten Morgen."

„Heil Hitler heißt das!", sagte Kurt, „Kapiert ihr Elsässer das denn nie?"

Sie lachte. „Ach, entschuldigen Sie, ich habe mich nur versprochen. Sind Sie Kurt und Roland?"

„Das sind wir, aber warum wollen Sie das wissen?"

„Sehen Sie, meine Madame aus Colmar schickt Ihnen ein kleines Weihnachtsgeschenk."

„Wenn ich schon dieses 'Madame' höre!"

„Kurt, gib Ruhe!", sagte sein Kollege. „Zeigen Sie erst mal her!"

„Das können wir nicht annehmen", meinte Kurt, als die junge Frau nicht nur eine Flasche Muscat, sondern auch ein Stück Schinken und ein Päckchen Weihnachtsgebäck ausgepackt und auf seinen Schreibtisch gelegt hatte. „Das ist Beamtenbestechung."

„Nehmen Sie es einfach als Dankeschön."

„Und wer ist die besagte Madame?"

„Das verrate ich nicht und wenn Sie mich foltern", sagte sie etwas theatralisch.

„Na, na, warum denkt ihr Elsässer von uns Deutschen nur immer so schlecht."

Sie zog die linke Schulter hoch und sah vielsagend zur Decke. Bevor die beiden reagieren konnten, hatte sie die Türklinke in der Hand, sagte „Auf Wiedersehen und frohe Weihnachten" und war genauso schnell verschwunden wie sie gekommen war. Schade, so ein hübsches Christkind hätte ruhig länger bleiben können ...

Die beiden lachten.

„Wie kommen wir nur zu diesem Segen?", fragte Roland. „Eine Madame aus Colmar", hat sie gesagt. „Ob das die ist, für die der ganze Bus den Aufstand geprobt hat?"

„Wir hätten härter durchgreifen sollen. Die Leute hier lachen uns doch bloß aus. "

„Na und? Was hättest du davon gehabt? Die Söhne von dieser Frau liegen genauso im Dreck in Russland wie unsere. So konnten wir ein bisschen Nikolaus spielen. Dafür wurde uns ein hübsches Christkind geschickt. Ganz im Ernst: Irgendwann müssen wir uns nur noch vor dem da oben verantworten", er zeigte an die Decke, „und da werden wir nicht daran gemessen, wie genau wir unsere Vorschriften eingehalten haben."

Der Penner

Jeden Morgen fuhr Sebastian auf dem Weg zur Schule mit der S-Bahn zum Hauptbahnhof. Dort stieg er in die Straßenbahn zum Bunsen-Gymnasium, in dem er in die 6. Klasse ging. An einem verregneten Oktobertag, gerade als sich die automatische Tür zum Bahnhofsvorplatz öffnete, fiel sein Blick auf einen Penner, der sich links von der Tür in einer Mauernische niedergelassen hatte. Neben dem schmutzigen und verzottelten alten Mann lag ein Hund und sah ihn mit traurigen Augen aufmerksam an. Sebastian schüttelte den Kopf. „Das kann doch nicht sein", dachte er. Er näherte sich. Sein Herz begann laut zu schlagen. „Er ist es! Schwarzer Rücken, gelber Bauch, auf der Stirn der Übergang vom dunklen zum hellen Fell, der gleiche buschige Schwanz." Der Hund hatte inzwischen den Kopf gehoben und schnüffelte ihm entgegen. „Bello", sagte Sebastian halblaut, mehr zu sich selbst als zu dem Hund. Dann überschwemmten ihn Ernüchterung, Trauer und Enttäuschung. Wäre es tatsächlich Bello gewesen, wäre er ihm schon längst entgegengesprungen. Jetzt erkannte Sebastian auch kleine Unterschiede. Auf der Stirn war er eine Spur heller, dafür war der dunkle Teil am Fell etwas größer.

„Ob ich ihn mal streicheln kann?"

Ein lauter Rülpser riss ihn aus seinen Gedanken. Aus einem schmutzigen, unrasierten Gesicht, in das strähnige Haare hingen, starrten ihn braune, rotunterlaufene Augen an. Eine Wolke aus Alkohol, Nikotin und Körperausdünstungen schwappte ihm entgegen. Erschrocken ging er weiter.

Am nächsten Morgen sah Sebastian die beiden schon von weitem in ihrer Ecke. Genau wie am Tag zuvor saß der Mann in einen zerlumpten Mantel gehüllt gegen die Wand gelehnt, die Augen geschlossen. Mit der einen Hand hielt er eine große Rotweinflasche fest, die andere lag auf dem Rücken des Hundes. Als sich Sebastian langsam näherte, hob ihm der Hund schnüffelnd den Kopf entgegen, legte die Ohren an und wedelte leicht mit dem Schwanz.

Er streckte dem Hund die offene Hand entgegen. „Es könnte doch Bello sein." Als er ihn zwischen den Ohren kraulte, gab er kleine jaulende Geräusche von sich. Plötzlich schlug der Mann die Augen auf und starrte ihn wieder aus roten Augen an. Erschrocken zog Sebastian die Hand zurück und machte sich aus dem Staub.

Die nächsten Tage spielte sich immer das gleiche Ritual ab. Sebastian sprang aus dem Zug und eilte mit klopfendem Herzen in die Bahnhofshalle, immer in Angst, dass die beiden nicht mehr da sein könnten. Vorsichtig näherte er sich, vom Hund schon von weitem mit Schwanzwedeln und Schnüffeln begrüßt. Zuerst schlief der Mann immer tief und fest. Kaum hatte Sebastian angefangen, den Hund zu streicheln, wurde er wach und sah ihn unfreundlich und wortlos an, bis er flüchtete. Nach etwa einer Woche, gerade als Sebastian die Hand ausstreckte, krächzte er plötzlich: „Er heißt Otto!"

Dieses Mal würde er nicht weglaufen, sagte er sich trotzig. „Der Hund heißt Otto? Das ist doch kein Hundename!"

„Ich weiß", nickte sein Gegenüber, einen Rülpser unterdrückend. „Aber Otto war mein bester Freund. Er hat ihn großgezogen und ihn nur 'Hund' genannt. Als er starb, hab ich ihn geerbt, nun heißt er Otto, zur Erinnerung, und weil ich sonst keinen Freund mehr habe."

Am nächsten Morgen kam es Sebastian vor, als sei der Mann eine Spur weniger betrunken und etwas sauberer als am Vortag. Zu seinem großen Erstaunen wurde er mit einem

freundlichen „Hallo" begrüßt. Während Sebastian Otto streichelte, erzählte er, dass er einmal einen Hund hatte, der ganz
genauso aussah.

„Ich weiß, Bello!"

Sebastian schaute ihn erstaunt an. „Hat er das mitbekom-
men?", dachte er, „er schlief doch immer". Als er sich ein paar
Minuten später mit einem Blick auf die Bahnhofsuhr seufzend
verabschiedete, sagte der Mann: „Otto freut sich, wenn du
kommst, wir warten morgen früh wieder auf dich. Ich heiße
übrigens Herbert – und du?"

So ging das jeden Tag bis Ende November. Eines Morgens
wirkte Herbert munterer als sonst. Freundlich schaute er Sebastian ins Gesicht: „Wenn du Lust hast, lade ich dich am
zweiten Weihnachtsfeiertag zum Mittagessen ein."

Sebastian schaute ihn ungläubig an: „Hier?"

„Natürlich nicht!" Zum ersten Mal lachte der alte Mann.

„Selbstverständlich in ein Restaurant", sagte Herbert. „Ich
kenn' da ein italienisches, das ist recht gut."

Sebastian war sprachlos. Was sollte er sagen, ohne unhöflich
zu sein? Sie könnten sich doch sicher nicht einmal an einen
Tisch setzen, ohne rausgeworfen zu werden. Und wer sollte das
Ganze bezahlen?

Lächelnd beobachtete Herbert ihn. „Ich kann mir vorstellen, was du jetzt denkst. Das einzige Problem sind deine Eltern.
Ich fürchte, sie werden dich nicht gehen lassen. Aber ich verspreche dir, wenn ich dich am zweiten Weihnachtsfeiertag
abhole, wirst du mich nicht wiedererkennen. Bis spätestens elf
Uhr bin ich bei euch. Du musst mir nur noch deine Adresse
geben."

Kaum war der Junge gegangen, erhob sich Herbert. Eilig
rollte er die Decke zusammen, packte seinen Schlafsack und
die große Tasche, in der sich seine ganzen Habseligkeiten be-
fanden, und eilte mit ungewohnter Geschwindigkeit davon.

„Hallo Herbert, schon lange nicht mehr gesehen", begrüßte ihn der Leiter des Wichernhauses. „Mal wieder eine Dusche fällig?", er rümpfte die Nase: „Du weißt, du kannst nur eine Nacht bleiben, außer du willst arbeiten."

Herbert nickte, er kannte die Regeln des Heimes für Durchwanderer. „Ich weiß, ich weiß. Wenn ich fertig bin, muss ich mit dir reden. Hast du nachher Zeit?" „Hol dir in der Kleiderstube frisches Zeug und komm dann ins Büro. Otto behalte ich solange bei mir."

Eine halbe Stunde später saß Herbert beim Heimleiter.

Herbert holte tief Luft: „Ich brauche deine Hilfe." Er machte eine kleine Pause. „Weißt du, ich habe am Bahnhof einen Jungen kennen gelernt. Er hat sich mit meinem Hund angefreundet und ...", er zögerte etwas, bevor er fortfuhr, so als hätte er Angst, man würde ihm nicht glauben, „ ... und mit mir auch. Ich habe ihn am zweiten Weihnachtsfeiertag zum Mittagessen in ein Restaurant eingeladen. Ich möchte mit ihm ausgehen." Und jetzt holte er noch mal tief Luft, „so, als ob es mein Sohn wäre!" Jetzt war der entscheidende Satz raus.

„Wie alt ist er?", fragte der Heimleiter ernst.

„So um die 12."

„In Ordnung", sagte er kurz entschlossen. „Was hast du vor?"

„Ich will bis dahin trocken sein."

„Und wie soll das gehen?"

„Ich weiß, du hast ein Einzelzimmer für besondere Fälle. Das hätte ich gerne, wenn es geht. Sorge für meinen Hund und lass mich nicht raus, bis ich soweit bin. Du kennst bestimmt auch einen Arzt, der mal nach mir sieht."

Der Heimleiter schaute ihn nachdenklich an. „Du verlangst wirklich viel von mir. Wenn ich das gewusst hätte, hätte ich dir nicht so schnell meine Hilfe zugesagt. Du weißt doch, dass ich das nicht darf."

Herbert schaute dem Heimleiter eindringlich und abwartend in die Augen.

Nach einiger Zeit nickte dieser schwerfällig: „Also gut. Von jetzt ab machst du genau was ich dir sage. Hältst du dich nur einmal nicht an meine Anweisungen, ist das Experiment zu Ende. Hier ist Bettwäsche. Du kannst dich da hinten einrichten. Der Hund bleibt bei dir, sonst spielt er verrückt. Außerdem will ich nicht, dass er gesehen wird. Wenn die Geschichte bekannt wird, komme ich in Teufels Küche. – Also noch mal", er reichte ihm die Hand, „die Abmachung gilt!"

Eine Stunde später machte sich der Heimleiter auf die Suche. Emil fand er im Speisesaal, Hans und Eckhard in der Hauptstraße. Alle drei bat er auf zwanzig Uhr in sein Büro. Diese Zeit war günstig und Störungen nicht zu erwarten. Als die drei erwartungsvoll vor ihm saßen, schaute er sie nacheinander an: „Ich brauche eure Hilfe!"

Das waren sie nicht gewohnt, sonst war es umgekehrt.

„Ihr kennt Herbert und seine Geschichte. Er hat einen 12-jährigen Jungen kennen gelernt ..." Der Heimleiter machte eine Pause, bevor er weitersprach, damit sie die besondere Bedeutung von Herberts Wunsch verstanden. „ ... er will mit ihm an Weihnachten ausgehen."

Einer nach dem anderen nickte. Ja, jeder von ihnen konnte sich denken, warum dies für Herbert so wichtig war. Selbstverständlich würden sie helfen, ihn bis Weihnachten trocken zu bekommen.

Von da an hielten sie abwechselnd am Bett von Herbert Wache, flößten ihm Suppe und Mineralwasser ein, hielten ihn fest, wenn er anfing zu toben und wuschen ihn ab, wenn er Schweißausbrüche hatte. Sie wechselten sein Bettzeug, wenn er sich wie ein kleines Kind beschmutzte, fütterten den Hund und führten ihn aus, alles so heimlich, dass die anderen Bewohner nichts bemerkten. So hofften sie wenigstens. Ein paar Tage lang schaute regelmäßig ein Arzt nach Herbert. Er spritzte ihm Beruhigungs- und Kreislaufmittel und hängte ihn auch eine Zeitlang an den Tropf.

Nach einer Woche war das Gröbste überstanden und Herbert fand wieder zurück ins Leben. Immer, wenn ihn die Gier packte, war einer der Kumpel da, mit Kaffee, Cola und Zigaretten und vor allem mit beruhigenden Worten. Wenn er nahe daran war aufzugeben, stellte er sich vor, wie er im blauen Anzug und Krawatte, frisch rasiert, mit dem Jungen im Restaurant sitzen würde, so wie ein Vater mit seinem Sohn oder sagen wir mal so wie ein Patenonkel mit seinem Patenkind.

Trotz größter Vorsicht war allerdings doch einiges unter den Pennbrüdern durchgesickert und die Geschichte wurde zum Thema beim Abendessen im Speisesaal. Der Heimleiter war in ihrer Achtung gestiegen und es war Ehrensache, ihn nicht zu verpetzen. Man war sich auch einig, dass Herbert, ganz auf sich gestellt, in der Kürze der Zeit sein Vorhaben nicht verwirklichen könnte und dass er Hilfe brauchte. So wurden Pläne geschmiedet. Gott sei Dank hatte Herbert noch gute Zähne. Hätte er solche Stummel gehabt wie manche von ihnen, hätte man so schnell nichts machen können.

Drei Tage vor Weihnachten fand eine Krisensitzung statt. Egon, der von allen anerkannte Wortführer, eröffnete das Gespräch: „Herbert, wir alle werden dir helfen", erklärte er in seiner großspurigen Art.

Dieser wehrte ab: „Ich komme schon zurecht."

Die anderen schüttelten ihre Köpfe. „Sei nicht so stur", mischte sich einer ein, „wir haben schon einen festen Plan."

„Hör zu!", sagte Egon, „während du in deinem Dreck gelegen hast", er grinste wissend, „haben wir Klamotten für dich organisiert. Keine Angst", er hob beschwörend beide Hände, „die Schuhe passen. Du hast gar nicht bemerkt, dass wir sie anprobiert haben. Außerdem haben wir 100 Euro gesammelt. Das reicht fürs Essen und für alles, was du sonst noch brauchst. Und wenn du etwas übrig haben solltest", jetzt grinste er übers ganze Gesicht, „haben wir nichts dagegen, wenn du vom Rest einen ausgibst. Und nun an die Arbeit. Du wirst heute noch rasiert und Alfred zaubert dir eine Superfrisur auf die Birne. Schau mich an. Er hat von seinem Beruf nichts verlernt."

Jeden Tag, wenn Sebastian durch die Bahnhofshalle kam und kein Herbert und kein Hund zu sehen war, wurde er traurig. Er hätte so gerne geglaubt, was ihm versprochen worden war. Aber je näher Weihnachten rückte, desto mehr kam er zur Überzeugung, dass Herbert nur einen Vorwand gesucht hatte, um den Kontakt abzubrechen. „Kann man denn einem Penner glauben?"

Seine Eltern bemerkten, dass etwas nicht stimmte und versuchten ihn zum Reden zu bringen. Er setzte zwar einige Male an, aber dann ließ er es wieder, er hatte einfach nicht den Mut dazu. Bis zum Tag vor Heiligabend. Seine Mutter überraschte ihn, wie er in seinem Zimmer aus dem Fenster starrte. „Willst du nicht mit den anderen spielen gehen?" Er gab keine Antwort. Daraufhin legte ihm seine Mutter den Arm um die Schulter „Nun sag schon, was los ist!" Ihm kamen die Tränen. Und dann erzählte er ihr alles.

„Es gibt vielleicht einen vernünftigen Grund, dass er nicht mehr da ist", versuchte sie zu trösten. „Diese Leute dürfen nicht immer am gleichen Ort bleiben."

„Warum hat er das nicht gesagt?", schluchzte Sebastian.

„Nun beruhige dich. Es kann doch sein, dass er dir einfach nicht die Wahrheit sagen wollte."

Die ganze Geschichte gefiel ihr nicht, sie konnte doch ihren Sohn nicht mit einem wildfremden Mann ausgehen lassen und auch noch mit so einem! Was aber tun, wenn er tatsächlich am zweiten Weihnachtsfeiertag vor der Tür stünde? Sie war ratlos. „Das muss ich mir überlegen und erst mit Papa besprechen. Jetzt beruhige dich, wir finden schon eine Lösung."

Am zweiten Weihnachtsfeiertag war Sebastian schon um sechs Uhr morgens wach. Er hielt es im Bett nicht mehr aus.

Unruhig wanderte er umher, vom Fenster zur Küche, wo er ein Glas Cola trank, von da ins Wohnzimmer zu den Geschenken, die er bekommen und über die er sich so gefreut hatte. Aber er hatte keine Lust, sich damit zu beschäftigen.

Die Eltern tauchten gegen sieben Uhr gähnend auf. Alle drei sprachen wenig und konnten kaum frühstücken. Bis elf Uhr wollte die Zeit nicht vergehen. Dauernd stand Sebastian am Fenster, so, als könnte er seine beiden Freunde herbeizaubern. Kurz vor elf Uhr warf er sich entmutigt auf das Bett in seinem Zimmer. Er war sicher, sie würden nicht kommen.

Da klingelte es. Sebastian sprang auf und wischte sich die Tränen aus den Augen. Er kam gerade noch vor seinem Vater an der Haustüre an. Als er sie aufriss, sprang Otto an ihm hoch und warf ihn fast um. Sebastian umarmte ihn. Er konnte es nicht fassen. Sie waren doch gekommen! Er schaute hoch. Wer war denn das? Vor ihm stand ein vornehmer Herr, gepflegt, glatt rasiert, dunkelblauer Mantel, Krawatte, glänzende Schuhe, wortlos lächelnd.

„Du bist doch nicht – Herbert?", stammelte er.

Der Herr nickte, „Hallo Sebastian, ich habe dir doch versprochen, dass ich komme."

Sebasitians Eltern hatten sich bereits neugierig in die Türe gedrängt. „Guten Tag, Herr ...", der Vater von Sebastian reichte ihm die Hand.

„Moosbauer ist mein Name."

Sebastian schaute mit offenem Mund von einem zum anderen. „Ich dachte, er heißt nur Herbert!"

Herbert lehnte das angebotene Glas Wein ab und nahm stattdessen Orangensaft. Sebastian verstand die Welt nicht mehr. „Kann sich ein Mensch so verstellen", dachte er, „vielleicht ist er ein Zauberer!"

Nachdem Herbert und die Eltern einige Zeit Höflichkeiten ausgetauscht hatten, wobei die Eltern von Sebastian vermieden, nach den Lebensumständen zu fragen, kam dieser schließlich zum Grund seines Besuchs. „Ihr Sohn hat Ihnen sicher erzählt, dass ich ihn zum Essen eingeladen habe. Darf ich Sie höflich bitten, mir diesen Wunsch zu erfüllen? Mir liegt sehr viel daran. Ich kann Ihnen leider nicht erklären, warum es mir so wichtig ist. Aber Ihr Sohn wird es heute noch erfahren. Bitte!"

„Wenn Sie einen Sohn im Alter von Sebastian hätten, würden Sie ihm erlauben, mit einem wildfremden Mann essen zu gehen?", antwortete der Vater. „Verstehen Sie mich bitte nicht falsch. Wir haben nichts gegen Sie, aber wir kennen Sie doch gar nicht!"

Bevor Herbert antworten konnte, mischte sich die Mutter ein: „Bitte bleiben Sie hier zum Mittagessen, wir haben Sie schon eingeplant und wir würden uns sehr darüber freuen."

„Bitte Herbert", unterstützte Sebastian seine Eltern, „du musst mit mir nicht ausgehen."

Herbert nickte. „Ein anderes Mal vielleicht. Sie haben es sehr schön hier und ich war schon lange nicht mehr in einer netten, normalen Familie. Wir wollen nicht drum herum reden. Ich bin zwar ein Penner, sonst aber vollkommen harmlos. Sie können den Heimleiter vom Wichernhaus anrufen, er wird für mich bürgen."

„Wir haben nichts gegen Sie, ich will Sie auch nicht in Verlegenheit bringen, aber heute passiert doch so viel ..."

Herbert war inzwischen aufgestanden und zum Telefon in der Ecke gegangen. Er wählte die Nummer des Heims und hielt dem Vater den Hörer hin: „Bitte!"

Das Taxi hielt vor einem italienischen Restaurant, das schon von außen sehr vornehm wirkte. „Hier willst du rein?", fragte Sebastian kleinlaut. Er hatte sich eigentlich eine Pizzeria vorgestellt. Nachdem sie das Lokal betreten hatten, schaute sich Herbert um und wartete, bis ein Kellner auf ihn zukam.

„Guten Tag, meine Herren! Zwei Personen? Wenn Sie mir bitte folgen wollen."

Da fiel sein Blick auf den Hund. Er stutzte: „Es tut mir leid, aber Hunde sind hier nicht erlaubt."

„Das glaube ich nicht", gab Herbert prompt zurück, „holen Sie bitte den Geschäftsführer!"

Da eilte schon ein rundlicher, schwarz gekleideter Herr mit strahlendem Gesicht und ausgestreckten Händen auf sie zu. „Guten Tag, Herr Moosbauer, schön, dass Sie uns mal wieder die Ehre geben!"

Sebastian beobachtete das Ganze mit offenem Mund. Die Überraschungen nahmen kein Ende.

„Gibt es irgendein Problem?", wandte sich der Geschäftsführer an den Kellner. Dieser antwortete mit einem demonstrativen Blick auf den Hund.

„Das ist doch kein Problem", lachte der rundliche Herr. „Bringen Sie Herrn Moosbauer an den Familientisch, der Hund kommt unter den Tisch und wird sich dort ganz ruhig verhalten. Darauf kann ich mich doch verlassen?"

Herbert nickte kurz.

„Sie glauben ja nicht, wie ich mich freue, Sie wieder zu sehen", setzte der Geschäftsführer seinen Redeschwall fort. „Sie waren lange nicht mehr hier, sind es vier oder fünf Jahre? Ich habe oft zu meiner Frau gesagt, ob Herr Moosbauer mit unserer Küche unzufrieden war?"

„Es ist schon lange her, Roberto, schon sehr lange. Darf ich Ihnen meinen jungen Freund vorstellen?"

Roberto begrüßte Sebastian per Handschlag, strich ihm über den Kopf und begleitete die beiden in die Ecke an den Familientisch. Otto zog sich folgsam unter den Tisch zurück, wo er sich Sebastian vor die Füße legte. Der Kellner brachte die Getränkekarte: „Danke, keinen Wein", sagte Herbert, „ich trinke eine Cola. Du auch, Sebastian? Oder willst du lieber einen Saft?"

Sebastian nickte und der Kellner verstand dies als Zustimmung zur Cola.

Herbert hielt Sebastian die Speisekarte hin. „Such dir was aus. Wir essen heute wie die Fürsten, mit Vorspeise, Hauptgang und Nachtisch."

Nachdem er die ganze Karte gelesen hatte, auf der so unbekannte Dinge wie „Piccata Milanese" standen, wagte Sebastian seinen Wunsch zu äußern: „Ich hätte gerne Spaghetti mit Tomatensauce." Das hatte er sich immer vorgestellt, wenn er sich das Wiedersehen mit seinen beiden Freunden ausgemalt hatte.

Herbert schaute hoch: „Und du willst wirklich nichts anderes?" Ohne die Antwort abzuwarten sagte er: „Ja, klar, ein Junge in deinem Alter isst so etwas gerne. Aber vorher nehmen wir einen Teller mit Vorspeisen."

Sebastian nickte. Ihm war es egal, aber wenn Herbert so viel daran lag!

Auf einen kleinen Wink schob der Kellner den Wagen, auf dem lauter kleine Speisen aufgebaut waren, an den Tisch. Geduldig wurde ihm jeder Salat und jede Vorspeise erklärt und gemeinsam stellten ihm Herbert und der Kellner eine kleine Auswahl zusammen. Während sie beide genüsslich die Häppchen aßen und sich Sebastian anschließend mit glänzenden Augen auf die Spaghetti stürzte, unterhielten sie sich kaum. Sebastian traute keine der Fragen zu stellen, die ihm in den letzten Wochen im Kopf herumgegangen waren. Herbert war in Gedanken versunken, aus denen er nur ab und zu auftauchte, um seinen Gast zu fragen, ob es schmecke, und ihn zum weiteren Zugreifen ermunterte.

Als Sebastian den letzten Löffel Eis abgeleckt hatte, das ihm Herbert zum Schluss noch aufgedrängt hatte, strich er sich über den Bauch und lachte: „Jetzt bin ich aber satt, ich kann nicht mehr und es hat alles toll geschmeckt."

Befangen saßen sie sich gegenüber. Der ohnehin karge Gesprächsstoff war ihnen ausgegangen. Im Bahnhof war es ganz anders gewesen.

Herbert schaute hoch. „Hier ist nicht der richtige Ort für uns." Sebastian versuchte halbherzig zu widersprechen. „Lass nur, ich verstehe dich ja. Aber ich muss dir einiges erklären. Für mich waren die letzten beiden Stunden sehr schön und ich danke dir dafür, aber sie waren auch ernüchternd, man kann Vergangenes nicht wieder lebendig machen."

Zögernd fuhr er fort: „Ich war ein wohlhabender Mann mit einem Baugeschäft und hatte oft hier zu tun. Dann kehrte ich meistens bei Roberto ein und brachte Geschäftsfreunde mit."

„Und heute bist du das nicht mehr?", unterbrach Sebastian zaghaft.

„Nein. Weißt du, ich hatte eine liebe Frau und einen Sohn, der wäre heute in deinem Alter. Ich brachte ihn morgens oft mit dem Auto in die Schule. So auch an dem Tag, als es passierte. Ich war nervös, weil auf der Baustelle nicht alles glatt lief. Auf jeden Fall kam ich auf einer stark befahrenen Straße an den rechten Bordstein, das Lenkrad glitt mir aus den Händen und das Auto steuerte auf die Gegenfahrbahn. Ich fuhr frontal in ein entgegenkommendes Auto. Michael saß auf dem Beifahrersitz, obwohl er dazu noch zu klein war. Aber ich hatte keine Lust gehabt, mit ihm herumzustreiten." Herbert schaute jetzt erstmals hoch: „Er war sofort tot. Ich sehe ihn heute noch vor mir. Er rührte sich einfach nicht mehr. Einfach so, tot von einem Moment auf den anderen."

Sebastian hatte so etwas noch nie gehört. Wie tröstet man einen Erwachsenen? Er legte Herbert die Hand auf den Arm.

Dieser lächelte ihn dankbar an. „Weißt du, mir ging es ähnlich wie dir mit Otto. Als ich dich das erste Mal sah, dachte ich, du wärst mein Sohn. Und als ich merkte, dass es nicht sein kann, wollte ich nicht mehr daran erinnert werden. Deshalb war ich am Anfang so unfreundlich zu dir."

„Warum wurdest du Penner? Du hast doch ein Geschäft."

„Wenn ich das noch hätte, würde ich nicht in der Bahnhofshalle sitzen. Ich konnte die ganze Geschichte nur vergessen, wenn ich etwas getrunken hatte. Und so kam eins zum anderen. Alles ging kaputt: Meine Frau ließ sich scheiden, mein Geschäft ging den Bach runter und meine Freunde wollten nichts mehr von mir wissen. Und ich habe mir an allem die Schuld gegeben. Ich glaube, ich wollte mich selbst irgendwie bestrafen."

Sebastian verstand die komplizierten Überlegungen nicht. „Wie kann man sich selbst bestrafen? Er war doch durch den Tod seines Sohnes schon genug bestraft!"

„Eines Tages", fuhr Herbert fort, „nachdem ich schon ein Jahr von meiner Frau geschieden und die Firma fast am Ende war, übergab ich sie meinem Bruder und machte mich auf den Weg. Die Tippelbrüder nahmen mich schnell auf, so wie sie jeden aufnehmen. Die Leute sind gar nicht so übel, wie man oft denkt. Da hat es viele gutmütige darunter, die teilen den letzten Schluck Bier mit dir. Aber wirklich helfen kann dir keiner."

Der Tag nach den Weihnachtsfeiertagen war früher immer besonders schön gewesen. Sebastian durfte seine Freunde besuchen oder sie trafen sich auf der Straße. Dieses Jahr hatte er dazu überhaupt keine Lust. Er spielte eine Zeitlang mit der elektrischen Eisenbahn, die sein Vater wie jedes Jahr mit ihm aufgebaut und für die er eine neue Lok bekommen hatte, aber den Gedanken an Herbert und Otto konnte er nicht loswerden. Da klingelte es an der Haustüre. Er rannte hin und riss sie auf. Vor ihm stand Otto schwanzwedelnd mit einem Brief im Maul. Sebastian schaute sich um. Sonst keiner da. Er nahm den Brief und umarmte den Hund. Der winselte und sprang freudig an ihm hoch.

Der Brief war an „Sebastian" adressiert. Ungeduldig riss er ihn auf: „Mein lieber Sebastian, wenn du den Brief liest, bin ich schon weit weg in einer anderen Stadt. Ein Freund hat ihn und Otto zu dir gebracht. Ich schenke dir den Hund. Er ist bei dir besser aufgehoben als bei mir. So wie ich deine Eltern kennen gelernt habe, darfst du ihn behalten."

„Ich mag dich sehr," las er weiter, „aber ich tauge nicht als Freund. Du hast sehr liebe Eltern und ich bin dankbar dafür, dass sie nichts gegen unsere Bekanntschaft hatten. Ich bin weitergezogen. Ich weiß nicht, ob ich jemals wieder ein normales Leben führen kann. Im Moment ist es jedenfalls noch zu früh, das wurde mir an den Feiertagen bewusst. Ich kann die Vergangenheit einfach nicht vergessen und Michael wird nicht mehr lebendig. Vielleicht trotzdem auf Wiedersehen. Ich wünsche dir und deinen Eltern alles Gute. Herbert"

Wohin er gegangen war und wie es ihm wohl ginge, Sebastian wusste es nicht. Manchmal blieb er vor einem Obdachlosen stehen und wünschte, es möge Herbert sein. Einmal erzählte ihm einer, dass er Herbert in einer fremden Stadt getroffen habe. Sebastian war sich nicht sicher, ob das nicht erfunden war, nur um ihn nicht zu enttäuschen.

Was gibt's dieses Jahr?

Isolde: In vier Wochen ist Weihnachten.

Elmar: Was willst du damit sagen?

Isolde: Nichts, aber es wird Zeit.

Elmar: Zeit für was?

Isolde: Es ist immer das Gleiche. Nie machst du dir Gedanken über die Geschenke.

Elmar: Dafür ist noch lange Zeit.

Isolde: Genau vier Wochen. Wie ich dich kenne, kaufst du erst wieder an Heiligabend ein.

Elmar: Da bekommt man immer noch alles. Außerdem geht es viel schneller, weil nur Männer unterwegs sind.

Isolde: Ich will nicht schon wieder eine Schachtel Pralinen und einen Weihnachtsstern.

Elmar: Ich dachte, du hast dich letztes Jahr darüber gefreut.

Isolde: Ja, letztes Jahr, aber dieses Mal würde ich mich überhaupt nicht freuen.

Elmar: Was ist das für eine Logik? Warum kannst du dich dieses Jahr nicht über das Gleiche freuen wie letztes Jahr?

Isolde: Du suchst nur eine Rechtfertigung dafür, dass du dir keine Gedanken über ein Geschenk machen willst.

Elmar: Dann hilf mir halt. Mach mal ein paar Vorschläge.

Isolde: Bei einer Frau ist das doch kein Problem; Schmuck zum Beispiel kommt immer an.

Elmar: Schmuck? – Du hast doch schon alles.

Isolde:	Dass ich nicht lache! Hilde bekommt jedes Jahr ein anderes Stück, da kannst du dir ein Beispiel nehmen.
Elmar:	Willst du so aussehen? Die läuft rum wie ein geschmückter Pfingstochse. Außerdem habe ich dir mal eine wunderschöne Perlenkette geschenkt.
Isolde:	Ja, zu unserem zehnten Hochzeitstag, und der ist jetzt 13 Jahre her.
Elmar:	Schon so lange? Da kannst du mal sehen, wie lange ich es mit dir ausgehalten habe. Außerdem hast du auch mal ein goldenes Armband bekommen.
Isolde:	Richtig, vor sechs Jahren. Seit ich dich kenne, hast du mir höchstens fünf Mal ein Schmuckstück geschenkt, wenn ich den Ring aus der Wundertüte dazuzähle, als ich 14 war.
Elmar:	Jetzt übertreibe nicht. Mit Schmuck ist es bei dir nicht einfach. Einmal hast du wunderschöne Ohrringe bekommen. Die habe ich noch nie an dir gesehen.
Isolde:	Das kann niemand, weil sie so winzig sind.
Elmar:	Und die goldene Uhr, die mich ein kleines Vermögen gekostet hat?
Isolde:	Die hast du mir in dem Jahr geschenkt, als ich dir ausdrücklich sagte, dass ich keine Armbanduhr brauche. Ich kann Andeutungen machen wie ich will, manchmal denke ich, du machst das mit Absicht.
Elmar:	Bei euch Frauen weiß man nie. Manchmal sagt ihr genau das Gegenteil von dem, was ihr euch wünscht. Vor zwei Jahren hast du zu mir gesagt: „Schau' mal den grässlichen Nerzmantel von Frau Fleischhammer an, so etwas brauchst du mir nicht zu kaufen!" Da habe ich gedacht, mit Kakteen liege ich bestimmt nicht falsch.
Isolde:	Mein Gott, bist du so blöd oder tust du nur so? Die Betonung lag auf „grässlich" und nicht auf „Nerzmantel". Die Kakteen waren eine echte Unverschämtheit.

44

Inge meinte, von einem, der ihr Kakteen schenkt, würde sie sich umgehend trennen.

Elmar: Willst du etwa mit der tauschen? Die muss in jedem Urlaub in den Bayerischen Wald. Da nützt es auch nichts, dass ihr Mann sie dann an Weihnachten mit Schmuck behängt. Aber reden wir mal von den Geschenken für mich. So toll sind die auch nicht. Zuerst fragst du mich wochenlang aus. Und was ist das Ergebnis: eine Krawatte, ein Hemd oder ein Buch. Wie originell!

Isolde: Letztes Jahr hast du Handschuhe bekommen. Und die waren nicht billig.

Elmar: Klasse, die hätte ich fast vergessen. Einmal hast du mir auch eine Kiste Bordeaux und ein anderes Mal ein Set Schraubenzieher gekauft. In 23 Jahren Ehe. Prima, du gibst dir echt Mühe.

Isolde: Jedes Jahr das gleiche Theater. Du fängst Streit an, weil du keine Lust hast einkaufen zu gehen.

Elmar: Am besten, ich gebe dir Geld, dann kannst du kaufen, was du willst. Da kann ich keinen Fehler machen.

Isolde: So habe ich es kommen sehen! Es geht doch nicht um Geld. Es geht ums Gefühl beim Schenken – um Liebe. Aber davon ist bei dir ja schon lange nichts mehr zu spüren.

Elmar: Aber bei dir! Wann hast du mich denn zuletzt spontan geküsst?

Isolde: Heute Morgen.

Elmar: Dass ich nicht lache! Spontan und regelmäßig! Jeden Morgen, wenn ich aus dem Haus gehe, bekomme ich einen Kuss auf die Stirn. Das macht mich richtig an.

Isolde: Du kannst ganz ruhig sein. Ein feuriger Liebhaber bist du auch nicht mehr.

Elmar: Reden wir eigentlich von Sex?

Isolde:	Nein, von Liebe, aber den Unterschied kapiert ihr Männer ja anscheinend nie.
Elmar:	Und was hat das Ganze mit den Weihnachtsgeschenken zu tun?
Isolde:	Wenn man sich liebt, dann schenkt man gerne, sucht für den Partner etwas aus, was diesem Freude bereitet, seine Augen zum Leuchten bringt.
Elmar:	Und warum kann ich dir dann kein Geld geben? Da sehe ich deine Augen immer leuchten.
Isolde:	Mein Gott, was ist aus dem Mann geworden, mit dem ich mal den Sternenhimmel in der Heiligen Nacht bewundert habe?
Elmar:	Erinnere mich nicht daran, anschließend hatte ich eine mordsmäßige Erkältung. Aber zurück zum Thema. Ich mache dir einen Vorschlag: Wir schenken uns in Zukunft nichts mehr, dann können wir auch keinen Streit bekommen. Wir nehmen das Geld und machen einen schönen Urlaub. Und an Heiligabend küsse ich dich unterm Weihnachtsbaum, damit du weißt, dass ich dich noch liebe. Na, wäre das nichts?
Isolde:	Ich gebe auf!

An Heiligabend überraschte jeder den anderen dann doch noch mit einem klitzekleinen Geschenk – als kleines Zeichen der Liebe natürlich. Nach längerem Suchen hatte sich Isolde für eine moderne, nicht allzu teure Krawatte, Elmar wesentlich spontaner am letzten Tag für eine Schachtel Pralinen vom besten Konditor der Stadt entschieden ...

Weihnachten auf Lanzarote

Als Heiner in blauem Sommeranzug und passender Seiden-
krawatte den Speisesaal betrat und sich umschaute, fühlte er
sich etwas deplatziert. Die meisten Herren trugen Smoking,
die Frauen lange Abendkleider. Der Oberkellner geleitete ihn
zu seinem Platz. Am Tisch saß schon ein älteres Ehepaar.
Schon nach wenigen Minuten erfuhr er, dass die beiden eine
Großmetzgerei in Düsseldorf mit acht Filialen besaßen. Herr
Winter spreizte beim Essen den kleinen Finger, an dem ein
großer Brillantring steckte, und aß genussvoll und mit offenem
Mund. Dazwischen lobte er lautstark das mehrgängige Menü,
äußerte sich sachverständig über das Fleisch und rügte seine
Frau, weil sie keinen Appetit hatte oder sich sonst irgendwie
daneben benahm. Wie selbstverständlich machte er nach dem
eigenen auch noch ihren Teller leer, von dem sie lediglich eine
Gabel voll probiert hatte. Der von ihm ausgewählte trockene
Rosé traf leider nicht seinen Geschmack und er bezeichnete
ihn nach der ersten Probe als sauer.

Frau Winter, mit tiefen Falten um den Mund, blickte hilfe-
suchend zu Heiner, der ihr ansah, dass sie bald gehen wollte.
„Wenigstens eine Gemeinsamkeit", stellte er für sich fest.

Beim Hauptgang, Tournedos in Rotweinsauce, fragte ihn
der Großmetzger schmatzend, warum ein Mann in seinem Alter denn alleine sei.

„Meine Frau ist gestorben".

„Mein Gott, so jung", entfuhr es der Metzgersfrau in echter
Bestürzung, was ihr bei Heiner Pluspunkte einbrachte.

„War sie krank oder wollen Sie nicht darüber reden?"

„An was stirbt schon eine vierunddreißigjährige Frau? Sie hatte Brustkrebs."

„Dann sind Sie hier gerade richtig", meldete sich Herr Winter zu Wort. „Die Sonne und die vielen schönen Frauen, Sie werden sehen, das tut Ihnen gut. Heiligabend in Deutschland, das ist nichts."

Heiner aß, ohne eine Miene zu verziehen, weiter. Er hasste ihn. Dummes Geschwätz!

„Lass das", wies Frau Winter ihren Mann zurecht. „Er wird schon wissen, was er tut." Aber irgendwie konnte er das Thema nicht lassen: „Das wäre doch etwas für unsere Tochter gewesen. Schade, dass sie nicht mitfahren wollte."

Seine Frau erklärte: „Inge ist dreiunddreißig. Er meint immer, er müsse ihr einen Mann suchen."

„In ihrem Alter und geschieden, da tickt die Uhr. Die Auswahl ist nicht mehr so groß, wie sie es sich einbildet. Obwohl sie etwas mitbekommt, sie ist schließlich unser einziges Kind." Lachend rieb Herr Winter Daumen und Zeigefinger aneinander: „Und was sind Sie von Beruf?"

Heiner nahm sich zusammen: „Lehrer."

Sein Gegenüber stutzte einen Moment: „Besuchen Sie uns doch mal!" Nach einem Achselzucken und einem nicht ausgesprochenen „dann halt nicht", wandte sich Herr Winter wieder seiner Frau zu und setzte das Gezänk fort.

Heiner schaute auf den reich geschmückten Weihnachtsbaum. Ein älterer Mann spielte auf dem Klavier, begleitet von einem Geiger und einer Cellistin, deutsche und englische Weihnachtslieder. War er nicht deshalb von zu Hause geflüchtet, um der deutschen Weihnachtsseligkeit zu entgehen? Aber im Moment kam es ihm gar nicht so schlimm vor. Er hatte nur einen Wunsch, weg von diesem furchtbaren Paar an seinem Tisch. Als seine Weinkaraffe leer war, schenkte ihm Herr Winter Rosé nach und bestellte auch noch eine weitere Flasche.

„Sie wollen doch nicht schon gehen?"

Wie konnte man bei so viel Großzügigkeit unhöflich sein?

Vor dem Dessert erschien ein Weihnachtsmann mit „Ho, ho, ho" und „Frohe Weihnachten" in vier Sprachen. Jeder durfte sich aus dem Sack eine Süßigkeit nehmen. Danach sang eine Folkloregruppe einheimische Weihnachtslieder. Die Rhythmen waren mitreißend. „Deutsche Weihnachtslieder sind dagegen ja ein Trauergesang", meinte Heiner zu seinen Tischnachbarn, die das nicht gelten lassen wollten.

Endlich, nachdem er auch noch ganz gegen seine Gewohnheit einen Kaffee getrunken hatte, stand er auf.

Frau Winter nickte verständnisvoll: „Sie wollen sicher alleine sein, gehen Sie nur."

Die Eingangshalle des Hotels öffnete sich zu einem Innenhof mit Palmen, Bananenstauden, kleinen Teichen mit Seerosen und darin schwimmenden Hibiskusblüten, exotischen Blütensträuchern und riesigen Farngewächsen, Papageien kreischten in Zierkäfigen, dazwischen kleine Pfade. Aus dem Keller drang Rockmusik. Die Vorstellung, an Heiligabend zu tanzen, war ihm ungewohnt, aber einen Versuch wert, aus seiner depressiven Stimmung herauszukommen. Er nahm an einem der kleinen Tische Platz und bestellte ein Glas Rotwein. Sein Blick blieb an einer hübschen Frau in seinem Alter hängen. Sie hatte blondes zerzaustes Haar. Sie tanzte alleine, ganz von ihren eigenen Bewegungen gefangen. Er hätte sich auch gerne in solch einen entrückten Zustand versetzt, losgelöst von seinen Gedanken und Erinnerungen. Plötzlich setzte sie sich auf die Holzbalustrade, die an die Tanzfläche grenzte, steckte sich eine Zigarette an und zog genussvoll daran.

Heiner stand langsam auf und ging auf sie zu: „Hallo."

Sie gab keine Antwort, ließ aber ihren Blick von seinem Gesicht bis zu den Händen in den Hosentaschen wandern. In ihrem Katzengesicht blitzten grüne Augen.

„Entschuldigen Sie, sind Sie auch alleine? Würden Sie sich zu mir setzen?"

Sie drehte den Kopf weg, als hätte sie ihn nicht verstanden.

„Sprechen Sie nicht deutsch? Do you speak english? Parlez-vous français?"

Ein kleines Lächeln veränderte ihr Gesicht, die Mundwinkel zeigten abfällig nach unten. „Ich rede nicht mit jemandem, der die Hände in den Hosentaschen hat", kam es mit holländischem Akzent.

„Und wenn ich sie rausnehme?"

Nochmals musterte sie ihn von oben bis unten. Zu seiner Überraschung erhob sie sich langsam.

Wortlos folgte sie ihm an einen der kleinen Tische.

„Was möchten Sie trinken?"

„Ich heiße Carla, und du?" Wieder musterte sie ihn mit kalten Augen. Plötzlich näherte sie ihr Gesicht und schaute ihm starr in die Augen. „Deine Krawatte ist furchtbar."

Sie roch nach Alkohol. Er lächelte: „Das haben wir gleich." Er zog die Krawatte auf und öffnete den obersten Hemdknopf.

„Du bist ein Zwerg mit einer roten Nase."

Er merkte, dass sie ihn provozieren wollte, wusste aber nicht warum.

Nachdem sie einen großen Schluck von ihrem Cocktail genommen hatte, schmiegte sie sich plötzlich und unerwartet an ihn. Ihre Augen wurden sanft und bettelnd: „Ich bin rücksichtslos, nicht wahr?"

„Leute, die das von sich behaupten, sind es meistens nicht."

„Hast du keine Freundin?"

„Ich war zehn Jahre verheiratet und meine Frau ist im Frühjahr gestorben."

Entsetzen stand in ihren Augen. Er lächelte sie an.

Sie aber schlug die Hände vors Gesicht und wandte den Kopf von ihm weg.

50

Heiner griff nach seinem Glas und trank einen Schluck. Wie sollte er darauf reagieren? Sie wusste doch überhaupt nichts von ihm.

Da drehte sie sich wieder zu ihm: „Wie kannst du lächeln, was bist du für ein Mensch?"

„Wenn ich nicht lächle, muss ich vielleicht weinen!"

Unerwartet drückte sie sich jetzt an ihn und streichelte über seine Brust. „Komm, wir tanzen." Sie tanzten relativ eng, doch dann machte sie sich plötzlich los und bewegte sich wieder allein und völlig selbstvergessen. Sie schien nicht einmal zu bemerken, dass er nach einiger Zeit zurück auf seinen Platz ging. „Noch einmal hole ich sie nicht," dachte er.

Eine Gruppe Männer umtanzte sie. Einer nahm sie an der Hand, machte ballettartige Schritte, legte theatralisch seinen Kopf auf ihre Brust und wirbelte sie herum. Er ließ sie plötzlich los, sie konnte sich gerade noch auffangen. Da packte er ihr Bein und hob es hoch, sie fiel rücklings auf den Boden. Schnell streckte er ihr die Hand entgegen und half ihr unter dem Gelächter seiner Freunde mit einer großartigen Verbeugung wieder auf. Heiner spürte die Demütigung. Als er sich erhob, um sie da raus zu holen, kam sie ihm lachend entgegen: „Das sind Schwule, die sind nett, ich mag sie."

Sie setzte sich eng neben ihn, er legte den Arm um sie. Einen Moment lehnte sie mit geschlossenen Augen den Kopf an seine Schulter, dann schob sie ihn von sich und schaute ihn mit kalten Augen an. „Ich habe hier schon zwei Norweger vernascht, aber mit dir gehe ich nicht ins Bett."

„Du meine Güte, ist die betrunken", dachte Heiner, als ihm wieder Alkoholdunst entgegenschwappte. „Das brauchst du auch nicht", antwortete er. „Ich bring dich aufs Zimmer."

„Du bist ein Zwerg mit roter Nase und einer unmöglichen Krawatte", lallte sie und ließ sich von ihm an der Hand hochziehen. Unterwegs erklärte sie ihm noch mal mit schleppender Stimme, dass sie auf keinen Fall mit ihm schlafen würde.

Vor der Zimmertür nahm er ihr den Schlüssel aus der Hand, den sie vergeblich versucht hatte, ins Schloss zu stecken. Sie ging voraus ins Schlafzimmer und ließ sich dort rücklings aufs Bett fallen, schloss die Augen und bewegte sich nicht mehr.

Er betrachtete sie einen Moment. So konnte er sie nicht liegen lassen. Zuerst zog er ihr die Schuhe aus, dann die Kleider. Sie half ihm dabei, indem sie sich immer so auf die Seite rollte, dass er die Kleidungsstücke unter ihr vorziehen konnte. Als sie bis auf Höschen und BH nackt vor ihm lag, deckte er sie zu.

Jetzt alleine in sein Zimmer zu gehen, war für ihn eine furchtbare Vorstellung. Er schloss die Türe ab, zog sich bis auf die Unterwäsche aus und legte sich auf der anderen Seite des breiten Bettes unter die Decke. Ganz schwach spürte er ihren Körper. Im Nu war er eingeschlafen. Mitten in der Nacht wurde er für einen Moment wach; Carla kuschelte sich an seinen Rücken. Einige Zeit später drehte sie sich mit ihm, sodass er jetzt hinter sie zu liegen kam. Er rückte noch ein wenig näher und legte seinen Arm um sie. So schlief er wieder ein. „Endlich mal wieder ein weiblicher Körper", dachte er noch.

Ein Kuss auf die Nase weckte ihn. Benommen blinzelte er in das gleißende Tageslicht. Auf der Bettkante saß Carla, sportlich in Jeans und roten Pulli gekleidet, gekämmt und dezent geschminkt, ein warmes Lächeln umspielte ihre Augen. Sie strich mit einer zärtlichen Bewegung seine Haare nach hinten. „Ich habe uns Frühstück bestellt. Essen wir draußen auf der Terrasse? Natürlich erst, wenn du geduscht hast. Komm, ich habe Hunger."

Es war alles so leicht und warm. Die Benommenheit war weg, plötzlich hatte er Hunger.

Einige Minuten später saßen sie auf dem winzigen Balkon, ein Tablett mit Kaffee, Marmelade, Käse, Wurst, Obst und frischen Brötchen auf dem Tisch. Die Sonne wärmte angenehm, der Himmel war gleichmäßig blau, das Meer noch eine

Spur dunkler mit weißen Schaumkronen. Sie schauten auf einen kleinen Jachthafen mit weißen Segelschiffen, die Landschaft war in erdige Farben getaucht, dazwischen Palmen und Agaven als grüne Farbtupfer, direkt ums Hotel leuchtende Weihnachtssterne und Geranienbüsche. Zum ersten Mal nahm Heiner die Pracht richtig wahr. Er war im Urlaub angekommen.

Carla griff nach seiner Hand und streichelte sie. „Ich habe es genossen, als du mich heute Nacht ausgezogen hast. Du warst bestimmt ein guter Ehemann. Erzähl mir von Deiner Frau. Wie war sie?"

Er erzählte, wie er sie beim Studium kennen gelernt und sich in sie verliebt hatte, wie sie geheiratet und von einem bürgerlichen Leben mit Haus und Kindern geträumt hatten. Die Krankheit hatte ihr Leben von Grund auf verändert. „Der gemeinsame Kampf, das Auf und Ab von Hoffnungen und Rückschlägen, das hat uns immer näher gebracht, und dann, dann war sie plötzlich nicht mehr da, von heute auf morgen."

Als sie merkte, wie ihm Tränen kamen, nahm sie ihn in den Arm und streichelte ihn. Nach einigen Minuten, in denen sie ihn an sich gedrückt hielt, meinte sie: „Du, es ist herrliches Wetter, machen wir einen kleinen Spaziergang."

Sie gingen auf einem Trampelpfad durch ein Steinfeld hinter dem Hotel. Bis auf Kakteen und Agaven gab es keine Vegetation, und doch war es eine reizvolle Landschaft mit zerklüfteten Tuffsteinen und brauner Lavaerde. Plötzlich kullerten ihnen ein schwarzer und ein grauer Wollball vor die Füße: zwei kleine Hunde. Carla beugte sich hinab und streichelte sie: „Hast du schon mal Hunde mit blauen Augen gesehen?"

„Eigentlich nicht, ich glaube Huskies haben grüne, aber sonst erinnere ich mich nur an braune."

„Das sind Zauberhunde. Mitten in der Wüste treffen sie sich mit einem Zwerg und einer Hexe am Weihnachtstag. Das ist ein Märchen."

Er zog Carla hoch und küsste sie. Auf einmal fühlte er sich beschwingt und frei, wie damals als junger Student, als er das erste Mal richtig verliebt war. Sie legte einen Moment ihren Kopf auf seine Schulter: „Drück mich, ganz fest. Du bist wie ein Baum, das könnte ich gebrauchen – jeden Tag." Nach einiger Zeit löste sie sich und nahm ihn bei der Hand. „Auf der anderen Seite des Hügels ist eine Siedlung, da können wir etwas trinken. Dort holen wir den Zauberhunden Wasser."

Ihn überraschte immer wieder ihre Verwandlungsfähigkeit. Wer war sie wirklich?

„Irgendjemand füttert sie bestimmt", wandte er ein. Die beiden Hündchen folgten ihnen, erst als sie rannten, blieben sie zurück.

Als Carla in der Bar einen Whisky bestellte, meinte Heiner: „Du trinkst so früh schon Alkohol?"

Sie sah ihn unsicher an. „Dann nehm' ich eine Coca."

Ihre Hand zitterte beim Trinken, er sagte aber nichts.

Bevor sie gingen, kauften sie eine Flasche Mineralwasser und ließen sich einen Plastikbecher geben. Tatsächlich tauchten die beiden Hunde auf dem Heimweg wieder auf und stürzten sich gierig auf das Wasser.

Nach einem langen Kuss meinte Carla: „Du küsst gut, es macht richtig Spaß mit dir."

„Und sonst nicht?"

„Eigentlich bin ich nicht so dafür. Jetzt komm', ich will nach Hause."

Ihre Verliebtheit, die sie auf dem Hinweg gezeigt hatte, war weg. Jetzt wirkte sie fahrig und nervös. In der Eingangshalle des Hotels sagte sie mit seltsam weichem Gesicht: „Sei mir nicht böse, ich muss mich ein wenig hinlegen. Ich habe furchtbare Kopfschmerzen. Aber heute Abend bin ich wieder fit, dann gehen wir schön essen. Ja?"

„Na gut, dann mache ich auch einen Mittagsschlaf. Wann soll ich dich abholen?"

„Ruf mich gegen sieben an, ich mache mich richtig schön für dich."

Punkt sieben griff er nach dem Hörer. Er ließ es zehnmal klingeln, keine Antwort. Er versuchte es noch zweimal, vergeblich. Schließlich machte er sich zu Fuß auf. Vielleicht war sie auf dem Balkon oder im Bad und hörte das Telefon nicht. Bevor er seinen Schlüssel an der Rezeption abgeben konnte, gab ihm der Portier einen Brief.

Ungeduldig riss er ihn auf. Er war von Carla:

„Lieber Heiner,

du hast mir ein wunderschönes Weihnachtsfest beschert und ich hoffe, du warst nicht allzu sehr enttäuscht, dass nicht mehr daraus wurde. Aber ich hatte Angst, ich würde den Zauber brechen. Wir kommen aus zwei verschiedenen Welten. Du mit deiner anständigen Frau, mit bürgerlichen Träumen von Haus und Kindern.

Ich bin abgereist, und habe einen Job angetreten, einen neuen Job. Du hattest Glück (oder ich?), dass du mich gerade in einer Pause erwischt hast. Wenn du den Brief liest, sitze ich bereits in einem Flugzeug mit einem Industriellen an den Starnberger See. Er hat dort ein Ferienhaus und eine Yacht. Ich habe ihn nur einmal gesehen, er sieht nicht schlecht aus. Wer weiß, was für Vorlieben er hat, zärtlich sind die wenigsten.

Ich kann flirten, tanzen, mich benehmen, habe einige Sprachkenntnisse und sehe gut aus. Damit verdiene ich meinen Lebensunterhalt und alles, was dazu gehört, mal Alkohol, mal Drogen. Ich habe nie etwas anderes gelernt. Ich war mal ganz oben, reiche Eltern, ein Mann aus dem Hochadel, ein Schloss, das gibt es alles nicht mehr und da wo ich jetzt bin kann ich nicht mehr heraus.

Vergiss mich, wenn du kannst. Ich wünsche dir, dass du eine liebe Frau findest, die dich glücklich macht.

Deine Carla"

Ihm war flau im Magen. Vorbei die Träume, bevor sie in Erfüllung gehen konnten. Carla hatte ihn in einem Moment festgehalten, als er dabei war, den Boden unter den Füßen zu verlieren. Trotz aller Enttäuschung, er hatte ein anderes Lebensgefühl als noch vor zwei Tagen. Er sah die Sonne, die leuchtenden Blumen, die Wellen des Meeres die braunen Felsen umfließen. Er lebte.

Mit den Augen des Vaters

Sechs Wochen vor Weihnachten: Mutter macht sich Gedanken über die Weihnachtsgeschenke. Wie viel können wir dieses Jahr ausgeben? Was bekommen die Kinder? Was wünschen sich die drei selbst? Bei Peter ist das immer besonders schwierig. Zuerst will er nichts, damit er später umso besser herausstellen kann, dass er wieder einmal benachteiligt wurde. Empfehlung an meine Frau: Mach du das, du findest schon das Richtige! Mich kostet dein Geschenk schon Nerven genug.

Vier Wochen vorher: Mutter ist voll im Stress. Mit Markus, 16, und Peter, 18, muss sie einkaufen gehen. Wenn sie schon Kleidung geschenkt bekommen, möchten sie diese auf jeden Fall selbst aussuchen. Die Mutter könnte ja versehentlich auf die Qualität anstatt auf die Marke achten! Plätzchen will sie auch noch backen. Empfehlung von mir: Nimm doch die Gutsel vom letzten Jahr, es muss noch irgendwo eine ganze Dose voll rumstehen!

Drei Wochen vorher: Peter beschert uns ein besonderes Geschenk, sozusagen zur Hebung der Stimmung. Er fährt unser Auto zu Schrott. Sein Kommentar: Es wird eh Zeit, dass mal ein flotteres Fahrzeug angeschafft wird.

Zwei Wochen vorher: Die Kinder werden an Weihnachtsgeschenke erinnert. Einhellige Meinung unseres Nachwuchses: Dieses Jahr schenken wir nichts. Opa, Oma und die Eltern haben ja schon alles. Außerdem ist das Taschengeld knapp. Nur die Drohung, bereits gekaufte Geschenke an ein Kinderheim zu geben, bewirkt einen Meinungsumschwung.

Zehn Tage vorher: Wir sind bestürzt über die Situation in der Welt. In Somalia verhungern die Kinder, im Kongo werden Frauen vergewaltigt und bei uns werden Brandbomben gegen Ausländerheime geworfen. Weihnachten, beschließen meine Frau und ich, wird dieses Jahr ganz anders gefeiert, nicht so kitschig, sondern echt, im Sinne der Botschaft Christi. Wir nehmen uns vor, an einer Lichter-Prozession gegen Ausländerfeindlichkeit teilzunehmen und auf Weihnachtsgeschenke zugunsten der Kinder in Afrika zu verzichten. Reaktion unserer Kinder: „Jetzt spinnen die beiden total. Typische 68er-Idealisten." Idealisten wird so ausgesprochen, dass es mir wie ein Schimpfwort in den Ohren klingt.

Neun Tage vorher: Wir laden den Freund unserer zwanzigjährigen Tochter und die Freundinnen der Buben für den 1. Weihnachtsfeiertag zum Mittagessen ein, damit wir sehen, wer seit Wochen in die Kinderzimmer schleicht. Helle Entrüstung unserer Söhne: „Was wollt ihr von unseren Frauen? Ihr wollt sie nur ausfragen! Da ist nichts drin! Aber falls sie kommen, was noch längst nicht sicher ist, wird klargestellt: Kochen helfen wir nicht, das müsst ihr schon selbst machen."

Acht Tage vorher: Meine Frau und ich beraten über die Gestaltung des Heiligen Abends. Von den revolutionären Ideen sind wir inzwischen abgekommen. Also dann wie immer! Tina könnte Flöte spielen, Markus Schlagzeug, meine Frau liest ein Gedicht vor, Peter eine Weihnachtsgeschichte und ich, ich koche. Lautstarke Empörung: „Wir spinnen doch nicht! Wisst ihr eigentlich, wie alt wir sind?" – Natürlich sind sie erwachsen, das hatten wir vergessen!

Sieben Tage vorher: Die Kinder offenbaren ihre Vorstellungen vom Weihnachtsfest: Zuerst essen wir gut. Papa kocht! An Werktagen ist sein Essen zwar eine Katastrophe, aber an Festtagen, da bemüht er sich echt. Und dann gibt es die Bescherung. Das ist doch das Wichtigste, oder nicht?

Sechs Tage vorher: Mir stinkt's. Am liebsten würde ich mit Mutter ins Hotel gehen, alleine natürlich. So eine Unverschämtheit! Nach der ersten Aufregung sehen die Kinder dann doch Vorteile. Tina: „Wenn ihr die Geschenke dalasst, könnt ihr gerne fahren. Ich übernachte dann bei Christian." Peter: „Ich geh in die Bierbörse, da geht wenigsten was ab." Markus: „Prima, dann kann ich fernsehen, solange ich will."

Fünf Tage vorher: Die Drohung, ins Hotel zu gehen und keine Geschenke zu verteilen, hat einen winzigen Stimmungsumschwung bewirkt. Markus wird unter Protest den Weihnachtsbaum, der eigentlich unnötig ist, in den Ständer klatschen, Tina wird ihn schmücken, aber nur wenn sie uneingeschränkt kreativ sein darf. Peter erklärt sich feierlich bereit, seinen üblichen Küchendienst zu tun, natürlich nur, wenn er daran erinnert wird.

Vier Tage vorher: Peter erzählt so nebenbei, dass sich seine Freundin auf die Einladung zum Essen freue. Markus betont, dass seine Freundin zwar komme, aber bei der Vorbereitung des Weihnachtsessen keine Mithilfe zu erwarten sei, schließlich läge die Verantwortung bei denen, die einladen.

Drei Tage vorher: Mutter ist am Rande ihrer Nerven, mein Adrenalinspiegel hat sich spürbar erhöht.

Zwei Tage vorher: Die letzten Vorbereitungen laufen auf Hochtouren, es wird geputzt und Berge von Lebensmitteln eingekauft

– natürlich von Mutter, von wem denn sonst? Die Buben und ich sind damit beschäftigt, Geschenke zu besorgen. Vorher kamen wir ja nicht dazu. Selbst ein Weihnachtsbaum ist noch zu finden, allerdings krumm und ungleichmäßig gewachsen.

Die Kinder arbeiten: Tina backt Plätzchen, selbstverständlich für Christian – die zerbrochenen darf ich probieren. Markus übt auf dem Glockenspiel, allerdings nicht für Heiligabend zu Hause, sondern für das Weihnachtskonzert des Jugendorchesters. Peter tut am meisten: er geht seinem Ferienjob nach, damit er die Weihnachtsgeschenke bezahlen kann.

Ein Tag vor Weihnachten: Die Wogen glätten sich. Mutter hat eine zeit- und jugendgemäße Weihnachtsgeschichte gefunden, Peter will tatsächlich an Heiligabend zu Hause bleiben, einen Gottesdienstbesuch lehnt er aber weiterhin strikt ab. Markus wiederum muss unbedingt zum Gottesdienst, weil er dort mit dem Jugendorchester spielt. Tina wird aus Mitleid mit den einsamen Eltern voraussichtlich sogar bis zwanzig Uhr zu Hause ausharren, aber endgültig kann sie uns erst Bescheid sagen, wenn sie nochmal mit Christian gesprochen hat. Nur ich mache noch Stress. Immer noch suche ich jemand, der mir kochen hilft. Die Kinder trösten mich: du musst ja nur an Heiligabend, am ersten Weihnachtstag und am Sonntag nach Weihnachten kochen, dazwischen essen wir bei den Großeltern. Da du eh weiter nichts zu tun hast, wirst du doch wenigstens das Kochen übernehmen können!

Heiligabend: Endlich! Wo sind bloß die Probleme hingekommen? Alle sind glücklich und zufrieden, vor allem die Kinder! Markus freut sich über seine Geschenke, dass er sich richtig satt essen kann und beim Kochen nicht helfen musste. Peter freut sich, dass er sich mal wieder erfolgreich von allen Vorbereitungen gedrückt hat. Tina freut sich vor allem auf ihren Christian, nachher, wenn bei uns alles vorbei ist.

Und auf was freuen wir uns, meine Frau und ich? Das ist schwer zu sagen, aber freuen, doch, freuen tun wir uns schon! Darüber, dass noch alle Kinder um unseren Tisch sitzen, dass wir uns beide haben und vor allem, dass wir über Silvester noch ein paar Tage in Urlaub fahren werden, ganz alleine, nur wir beide.

Zigeuner

Paul regte sich bei seinem Nachbarn auf: „Hast du die Leute gesehen, die da vorne eingezogen sind? Asylanten. Was meinst du, warum die nach Deutschland gekommen sind?"

Sein Nachbar, Rentner wie er, nickte: „Denen geht es besser als uns. Die brauchen nicht mal zu arbeiten, die ernährt der liebe Gott auch so."

„Das sind bestimmt Zigeuner, so braun wie sie sind. Immer an der frischen Luft und in der Sonne."

„Pst!", machte da sein Nachbar, „Zigeuner darf man nicht mehr sagen, das sind Roma, so heißt das heute."

Pauls Augen glänzten erregt: „Warum schickt man sie nicht direkt zurück nach Jugoslawien. Was geht uns deren Krieg an. Die wollen sich bloß drücken. Wir haben schließlich auch kämpfen müssen. Unsere Regierung ist da viel zu weich."

Ärgerlich, aber doch zufrieden über die Seelenverwandtschaft gingen die beiden auseinander. Sie waren sich ganz sicher, dass sie, würde man auf sie hören, das Asylantenproblem ganz schnell gelöst hätten.

Zwei Wochen später stand Paul im Hof und hackte Holz. Eine Ölheizung konnten sie sich nicht leisten. Die Arthrose in den Hüften schmerzte fürchterlich, aber er hatte noch ein schönes Stück Arbeit vor sich, da half nichts. Mit Schwung schlug er das Beil in den Hackklotz. Dann holte er ein großes Taschentuch heraus, um sich den Schweiß abzuwischen. Als er den Blick hob, erschrak er. Der kleine dunkelhäutige Mann, der vor ihm stand, lächelte. „Ist das nicht einer von den Asylanten?", fuhr es ihm durch den Kopf. Er langte nach dem Beil, stolperte und konnte sich gerade noch an der Hauswand auffangen.

Der Mann hatte sich nicht vom Fleck gerührt. Er schlug sich mit der Hand auf die Brust: „Ich arbeiten!"

„Was willst du?", fragte Paul krächzend.

Der Fremde zeigte zuerst auf das Holz, dann aufs Beil und wiederholte: „Ich arbeiten." Zur Bestärkung nickte er eifrig mit dem Kopf.

„Nein, nein", Paul schrie fast, „keine Arbeit! Ich brauche niemand. Außerdem habe ich kein Geld." Zur Bestärkung stülpte er die leeren Hosentaschen nach außen. „Du fort!" Er wies ihn mit dem Finger nach draußen, dabei hielt er das Beil fest in der Hand, jederzeit zum Schlag bereit.

Der Fremde machte eine kleine Verbeugung und sagte nur: „Auf Wiedersehen." Dann drehte er sich langsam um und ging vom Hof. Das Lächeln war aus seinem Gesicht verschwunden.

Paul war nicht mehr fähig, weiter zu arbeiten, so sehr hatte er sich aufgeregt. Nachdem er sich etwas ausgeruht hatte, ging er zu seinem Nachbarn. „Dem seine Augen hättest du sehen müssen, die haben richtiggehend geglänzt. Wenn ich nicht das Beil in der Hand gehabt hätte, wer weiß."

„Du hast Mut", stellte Hans fest, „wie du es dem gegeben hast. Die gehören alle in einen Sack und zurück in die Heimat."

Am nächsten Nachmittag, fast um die gleiche Zeit, stand der kleine Mann wieder da.

Paul kam eine Idee. „Den krieg ich dran", dachte er, „wenn er unbedingt arbeiten will, das kann er haben." Er hielt ihm das Beil entgegen.

Der Zigeuner, wie ihn Paul für sich nannte, strahlte, legte ein Stück Holz auf den Klotz und schlug es in gleichmäßige

Scheite, gerade richtig, um sie in den Ofen zu stecken. Ohne aufzuschauen nahm er das nächste Stück und wieder teilte er es mit wenigen präzisen Schlägen. Paul setzte sich auf den Stuhl, den er immer bereit stehen hatte. Er streckte die Füße von sich und schaute dem kleinen Mann zu, der eifrig drauflos hackte, und grinste vor sich hin: „Der wird staunen, wenn er merkt, dass er von mir kein Geld bekommt!"

Nach einer halben Stunde hielt der Mann inne, wischte sich den Schweiß von der Stirn, legte das Beil auf den Klotz und strahlte Paul an: „Gut?"

Dieser nickte verhalten, stand mühsam auf und streckte die Hand nach dem Beil aus. Übertreiben wollte er nicht. Der Zigeuner war aber schneller und nahm rasch das Beil wieder in die Hand. Paul erschrak: „Was hatte er jetzt vor?"

„Du hinsetzen", zeigte der kleine Mann auf den Stuhl, „ich arbeiten." Stolz seinen Bizeps zeigend, fügte er hinzu: „Ich gut, du krank."

Paul fuchtelte mit der Hand: „Du nicht mehr arbeiten, ich kein Geld."

Sanft schob ihn der dunkelhäutige Mann zurück auf den Stuhl und arbeitete weiter.

„Was mach' ich nur?", dachte Paul, „den werde ich nicht mehr los. Allerdings, Holz spalten, das kann er." Er ging in die Werkstatt und holte zwei Flaschen Bier. „Da nimm und dann ist gut, geh' nach Hause."

Der Zigeuner öffnete mit dem Beil die beiden Flaschen und gab eine zurück: „Du trinken."

Paul stöhnte innerlich: „Jetzt muss ich mit dem auch noch Bier trinken." Er setzte die Flasche an die Lippen, nachdem er sie prostend etwas hochgehalten hatte.

Der Zigeuner trank mit einem Zug fast die Flasche leer: „Ah, deutsches Bier gut, sehr gut."

Gequält lächelte Paul: „Ja, ja. Du jetzt nach Hause gehen!" Er wedelte ungeduldig mit den Händen. Der Zigeuner leerte den Rest der Flasche: „Noch nicht fertig", spuckte in die Hände, riss mit einem Ruck das Beil aus dem Klotz und fing wieder an, gleichmäßig Holzklotz um Holzklotz zu spalten.

Paul nahm seinen Stock, der an der Hauswand lehnte, und hinkte ins Haus zu seiner Frau in die Küche. „Geh mal raus, da hackt einer Holz."

„Was, ich denke, du arbeitest die ganze Zeit. Wer ist denn das?", staunte sie, als sie nach wenigen Augenblicken zurückkam.

„So ein verrückter Kerl von den Asylanten. Der hat sich mir richtig aufgedrängt."

Sieglinde sah das Ganze gelassen. „Was regst du dich auf, vielleicht macht es ihm Spaß. Den ganzen Tag nur rumsitzen, das würde mir auch nicht gefallen. Wir stellen dem nachher ein ordentliches Vesper hin."

„Der kommt mir nicht in die Küche!" empörte sich Paul.

„Spinnst du? Warum nicht? Der isst auch nur mit Messer und Gabel. Das ist doch das Wenigste, das wir für ihn tun können, wie lange arbeitet er schon?"

Paul setzte sich auf die Bank hinter dem Küchentisch. Was sollte er nur machen. Er wollte, dass der Mann endlich ging. Aber der ließ sich einfach nicht von der Arbeit abbringen und dann wollte ihn seine Frau auch noch mit seinem guten Schinken füttern!

Eine Stunde später betrat der ständig freundlich lächelnde Mann die Küche.

„Komisch, meine Frau hat er verstanden. Aber so sind sie. Wenn's ums Essen geht, dann rennen sie", dachte Paul.

„Du Opa?", fragte der Zigeuner, als er ihm gegenüber am Tisch Platz genommen hatte. Er zeigte auf ein Kinderbild, das in einem silbernen Rahmen auf dem Fenstersims stand.

Paul nickte stolz: „Guter Junge, viel gescheit", erklärte er und zeigte zur Verdeutlichung mit dem Finger auf die Stirn.

„Ich fünf Kinder", erklärte ihm sein Gegenüber.

„Die vermehren sich wie die Karnickel, typisch", dachte er für sich.

Der Zigeuner öffnete seinen zerschlissenen Geldbeutel und holte ein zerknittertes Foto heraus. Zuerst hielt er es Paul, dann Sieglinde hin. „Familie, Kinder, Frau." Auf dem Bild war eine runde mütterliche Frau zu sehen, die ein kleines Kind im Arm hielt. Zwei Mädchen drückten sich seitlich an sie und er selbst stand im Anzug dahinter, neben ihm zwei größere Jungen.

Sieglinde nahm das Bild und schaute es genauer an. Im Hintergrund erkannte sie ein Haus. „Dein Haus?", fragte sie.

Paul knurrte: „Die haben im Zigeunerwagen gelebt."

Der Fremde nickte ernst. „Mein Haus, ich Bauer. Alles kaputt."

„Jetzt iss mal!", Paul deutete auf den Schinken.

„Ich Joseph und du?"

„Ich Paul, meine Frau Sieglinde, jetzt iss endlich."

Joseph nickte anerkennend, nachdem er den ersten Bissen vom Schinken genommen hatte. „Gut, sehr gut."

Paul hatte es den Appetit verdorben. So hatte er sich den Abend nicht vorgestellt. Er stand mühsam auf und ohne ein weiteres Wort ging er hinüber in das Wohnzimmer und setzte sich vor das Fernsehgerät.

Nun stand auch Joseph auf und schaute Paul nach.

Sieglinde winkte ab, so als wollte sie sagen: „Lass den Spinner!" „Willst du noch eine Scheibe?"

Der streckte ihr freundlich die Hand entgegen. „Vielen Dank, auf Wiedersehen. Ich nach Hause zu Frau gehen, auf Wiedersehen." Mit einer fremden Frau alleine in der Küche, das gehörte sich nicht.

Am nächsten Nachmittag füllte Paul Holzscheite in große Körbe, die seine Frau in den Schuppen trug und dort in eine Ecke leerte. „Gestern hatten wir ja eine billige Arbeitskraft, der kommt bestimmt nicht mehr", sagte er schmunzelnd.

Sie schaute ihn kurz an und arbeitete schweigend weiter.

Um vier Uhr schaute Paul verstohlen auf die Uhr. Ihm tat der Rücken weh.

Kaum hatte er sich ausgemalt, wie es wäre, wenn ihm einer das Holz spalten würde, da stand Joseph in der Hofeinfahrt: „Guten Tag, Paul."

„Mein Gott, was willst du denn schon wieder!", sagte er halblaut, grüßte kurz „Guten Tag" und wandte sich wieder seinen Holzscheiten zu.

Joseph bückte sich unaufgefordert und fing an, Holz in die leeren Körbe zu füllen. Dann trug er sie zusammen mit Sieglinde in den Schuppen. Nach einer halben Stunde machten sie Pause. Paul holte zwei Flaschen Bier. Wieder versuchte er zu erklären, dass er kein Geld habe.

Joseph ignorierte das und arbeitete einfach weiter. Als sie nach der Arbeit wieder in die Küche gingen, schaute er sich kurz um und sagte: „Du nicht reich! Meine Küche in Jugoslawien genauso."

Den ganzen Tag hatte Paul der Gedanke nicht losgelassen, dass der Zigeuner wie er Bauer gewesen war. Das wollte er jetzt genauer wissen. Er fragte ihn aus, ob sie Tierhaltung oder auch Ackerland hatten. Joseph erzählte von seinen Hühnern, den Ziegen und der Kuh. Eigentlich hätten sie aber von der Schafzucht gelebt.

Paul war es fast peinlich, aber er musste auch das wissen: „Warum du fort?"

Joseph erklärte ihm so gut es ging, dass die Serben sein Haus angezündet hätten und er mit seiner Familie geflüchtet sei, weil er sich auf keinen Fall zur serbischen Armee einziehen lassen wollte. Zum Schluss meinte er: „Wenn Krieg vorbei, dann ich zurück, Deutschland nicht gut!"

„Deutschland nicht gut?", fragte Paul empört. Das war doch ein starkes Stück. Es wurde für alles gesorgt und dann beschwerten sie sich auch noch.

„Ich keine Arbeit, schlechte Wohnung, alle in einem Zimmer schlafen, ich, meine Frau, große und kleine Kinder, alle. Das aber nicht schlimm." Er hob die Schultern, als wolle er sagen, „das verkraften wir schon." „Aber Deutsche nicht lachen, nicht guten Tag sagen. Deutsche kalt, mir Fenster kaputt. Was ich ihnen tun? Ich viel traurig. Das schlimm, sehr schlimm."

„Nun iss mal", forderte ihn Paul auf. Er wusste nicht, was er darauf antworten sollte.

In den folgenden Tagen kam Joseph fast jeden Tag zwei bis drei Stunden und half Paul im Stall, im Garten und in der Werkstatt. Der gab ihm dafür ein Stück Schinken, ein paar Eier oder frisch geerntetes Gemüse. Joseph bedankte sich jedes Mal überschwänglich.

Eines Tages brachte er seinen jüngsten Sohn mit. „Das Opa", wurde Paul dem Kind vorgestellt.

Paul nahm den dreijährigen Jungen mit zu den jungen Häschen, die er mit Karotten füttern durfte. Er mochte ihn auf Anhieb, weil er ihn an seinen Enkel erinnerte, den er so selten zu sehen bekam.

Als Sieglinde eines Tages ihren Kleiderschrank ausräumte, gab sie Joseph einige gut erhaltene Sachen für seine Frau mit. „Ich hoffe sie passen, ist mir alles ein bisschen eng geworden."

Ende der Woche lud Joseph zu sich nach Hause ein: „Samstagabend, kommen zu uns, Essen, bitte."

Das war Paul nun gar nicht recht. Er lächelte gequält, wie konnte er die Einladung nur ablehnen?

Doch Sieglinde antwortete rasch, ohne mit ihm auch nur einen Blick zu wechseln: „Wir freuen uns, wir kommen gerne."

Paul bestand darauf, dass sie die hundert Meter das Auto nahmen. Zum Glück war es schon dämmrig und niemand mehr auf der Straße.

Die ganze Familie stand bereits lachend auf der Treppe. Joseph kam ihnen mit ausgebreiteten Armen entgegen. „Hoffentlich küsst er mich nicht", schoss es Paul durch den Kopf. Schnell streckte er ihm die Hand entgegen, die kräftig geschüttelt wurde. „Opa, Opa", kam der kleine Junge gelaufen. Es blieb Paul nichts anderes übrig als ihn auf den Arm zu nehmen. „Opa", strahlten ihn auch die beiden hübschen Mädchen an. Die großen Jungen standen verlegen im Hintergrund und warteten darauf, bis er ihnen die Hand gab.

Vier Stunden später lagen Paul und Sieglinde im Bett. Sie konnten nicht einschlafen. Plötzlich sagte Paul: „Wenn man bedenkt, dass sie Bauern waren wie wir und ihr Hof wurde niedergebrannt, nur weil sie keine Serben sind."

„Und das waren einmal Nachbarn, mit denen sie friedlich zusammengelebt hatten", meinte Sieglinde.

Paul überlegte, was sie in dieser Situation gemacht hätten. Auf einmal waren die Nachbarn Todfeinde. „Ich hätte mich auch nicht in die Armee einziehen lassen. Ich wäre auch abgehauen."

„Und jetzt schlafen sie zu siebt in einem Zimmer", warf Sieglinde ein. „Das ist eine Zumutung."

„Im Zimmer daneben wohnt noch eine Familie mit zwei Kindern und alle miteinander haben nur ein Bad und eine Küche."

„Wie die sich über unseren Besuch gefreut haben. Stell dir mal unsere Kinder in dem Alter vor, die wären doch nicht den ganzen Abend bei den Erwachsenen sitzen geblieben."

„Hast du gesehen, dass sie überhaupt kein Spielzeug haben?"

„Und alles war picobello sauber. Die haben wegen uns bestimmt Großputz gemacht."

„Das Reisfleisch war lecker. Und wie stolz sie waren, dass es uns geschmeckt hat."

„Die Kinder mussten sich wegen uns einen Teller teilen."

„Von der Familie im Zimmer nebenan hat man den ganzen Abend nichts gehört. Ob die sich wegen uns so leise verhalten haben?"

„Nicht mal die Stühle haben gereicht. Wo machen denn die Kinder die Schulaufgaben?"

Sieglinde lag noch lange wach. Erst als sie Paul leise schnarchen hörte, schlief auch sie ein.

Am Nikolaustag hatte Sieglinde jedem der Kinder einen kleinen Teller mit Süßigkeiten gerichtet und sie zu Kakao und Kuchen eingeladen. Als sie sahen, wie sich die Kinder freuten, schämten sich Paul und Sieglinde ein wenig, dass sie nicht mehr auf die Teller gelegt hatten.

Je näher Weihnachten rückte, desto öfter schloss sich Paul in der Werkstatt ein. Dort arbeitete er in aller Heimlichkeit an einem Schaukelpferd für den Kleinen. Für die großen Kinder richtete er den alten Schlitten seiner längst erwachsenen Kinder her und für Joseph und seine Frau schnitzte er zwei Vesperbretter.

Vier Tage vor Weihnachten klingelte es morgens um sechs an der Haustüre. Sieglinde schüttelte ihren Mann: „Paul, da ist jemand an der Tür. Da muss etwas passiert sein." Sie warf sich den Morgenmantel über und rannte zur Tür.

Draußen stand Frau Meyer, die im Haus neben Joseph wohnte. „Kommen Sie schnell, die Polizei holt den Joseph und seine Familie ab."

Sieglinde war noch ganz benommen. Nur langsam drang die Nachricht in ihr Bewusstsein. Frau Meyer erzählte hastig, dass die Polizei mit zwei Mannschaftswagen gekommen sei, die Familie zehn Minuten zum Packen habe.

Sieglinde stürzte ins Schlafzimmer und weckte Paul. Wenig später rannte sie die Straße hinunter, Paul hinkend hinterher.

Weit und breit keine Polizei zu sehen. Paul atmete auf. Bestimmt waren sie wieder abgezogen und das Ganze hatte sich als Irrtum herausgestellt.

Fenster und Türen waren ordentlich verschlossen. Es sah alles so friedlich aus: vorweihnachtliche Ruhe an diesem kalten Dezembermorgen.

Schwer atmend klopfte Paul an die Türe. Keine Reaktion. Er klopfte lauter, da hörte er Schritte.

Ein Kopf erschien im kleinen Fenster der Haustüre. Der Mann aus der Nachbarwohnung öffnete. Wortlos ging er voraus in das Zimmer, in dem Josephs Familie geschlafen hatte. Die Betten waren zerwühlt, die Decken zurückgeschlagen, als ob gerade noch jemand darin gelegen hätte.

Paul bückte sich mühsam. Er hob einen kleinen Strumpf auf. Tränen schossen ihm in die Augen. Er wandte sich ab. Wortlos und ohne auf seine Frau zu achten, hinkte er schwerfällig nach Hause.

Dort fand sie ihn in der Werkstatt. Er saß vor dem Schaukelpferd und sah ins Leere. Als sie ihm die Hand auf die Schulter legte, sagte er: „Mein Gott, warum macht man so etwas? Warum müssen die zurück in den Krieg. Weißt du, dass sie Joseph als Deserteur vor ein Kriegsgericht stellen?"

Er stierte auf das halbfertige Schaukelpferd. Plötzlich griff er nach dem Beil und hatte es mit wenigen Schlägen kurz und klein gehauen. Genauso machte er es mit dem Schlitten. Er warf alles in den Holzofen, mit dem er die Werkstatt heizte. Dann legte er den Kopf auf die Arme und weinte.

*

Als sich Sieglinde in dieser bitterkalten Winternacht für die Christmette anzog, stand Paul plötzlich in seinem guten Anzug neben ihr. Sie schaute ihn nur kurz an, sagte aber nichts. Sie konnte sich nicht daran erinnern, wann er das letzte Mal mitgegangen war. Er nahm nicht wahr, was der Pfarrer vorne am Altar sagte. Er sah immer wieder die Kinder vor sich, wie sie zu ihm Opa sagten, zu ihm aufschauten, ihm vertrauten. Hätte er nicht mehr tun können? Er erinnerte sich daran, dass ihm Joseph vor einiger Zeit ein amtliches Schreiben gezeigt hatte, aber damit hatte er sich nicht beschäftigen wollen. Er wollte in nichts hineingezogen werden.

Paul faltete die Hände.

Angela

Angelo zog sich die rote Zipfelmütze vom Kopf und wischte sich den Schweiß von der Stirn. „Scheiß Job", dachte er, „ständig 'Ho, ho, ho' und 'Fröhliche Weihachten'." Und dann die vielen Kinder, die an seinem Mantel zogen und ihn mit irgendwelchen Aufträgen und Anfragen bestürmten. Nein, nach diesen zwei Wochen Dienst als Weihnachtsmann hatte er mal wieder genug.

Plötzlich stand ein kleines schmutziges Mädchen vor ihm. Er schob ihre Hand weg, die nach seinem roten Mantel griff. „Lass los, ich bin doch keine Puppe!"

„Du bist der Weihnachtsmann, du musst mir helfen." Braune Augen flehten ihn an.

Wahrscheinlich sollte er wieder den Wunsch für irgendein Geschenk aufschreiben. Wie kam diese Göre nur in den Hinterhof des Kaufhauses. Hier war er bisher noch nie belästigt worden!

„Du musst mir helfen, meine Mama ist krank."

„Deine Mama sucht dich bestimmt, wahrscheinlich hat sie dich drinnen im Kaufhaus schon ausrufen lassen."

Tränen kullerten aus ihren Augen. „Meine Mama ist ganz, ganz schwer krank." Sie griff nach seiner Hand. „Bitte, bitte, komm mit."

„Ich bin der Weihnachtsmann und kein Doktor. Du musst einen Arzt suchen."

Das Mädchen ließ seine Hand nicht los. „Ich kenne aber keinen Doktor. Bitte komm'!"

Angelo machte sich los und schaute auf die Armbanduhr. „Du, ich muss wieder rein ins Kaufhaus, da warten ganz viele Kinder auf mich. Willst du mitkommen? Vielleicht finden wir da deine Mama."

Jetzt fing sie bitterlich zu schluchzen an. „Meine Mama liegt im Bett, sie kann nicht aufstehen. Jetzt komm doch."

Noch einmal schaute er auf die Uhr. Am besten brachte er die Kleine schnell nach Hause. Weit weg konnte sie ja nicht wohnen. „Also gut", gab er nach, „so wie du aussiehst, gibst du doch keine Ruhe!"

Es dauerte wirklich nur einige wenige Minuten, bis sie vor einem mehrstöckigen Mietshaus standen. „Da oben wohnen wir", erklärte ihm das Mädchen.

„Auch noch Treppensteigen", stöhnte er, „die suchen mich bestimmt schon."

Die Wohnungstüre war nur angelehnt. Schon im Gang roch es muffig und ungelüftet. Das Mädchen zog ihn zu einem Zimmer, dessen Türe sie aufstieß. Eine Wolke aus Körperausdünstungen, Moder, Schimmel und noch einigen anderen nicht definierbaren Gerüchen löste Brechreiz aus. Ein Blick auf das Bett ließ ihn blass werden. Eine Frau in seinem Alter schaute mit kleinem eingefallenen Gesicht unter der Decke hervor. Es bedurfte keiner besonderen Kenntnis um festzustellen, dass sie tot war. Trotzdem ging er mutig auf sie zu und suchte mit den beiden Mittelfingern die Halsschlagader, wie er es schon in zahlreichen Filmen gesehen hatte. Die Haut fühlte sich kühl an, er brauchte sich nicht weiter zu bemühen. Ohne groß nachzudenken, schob er ihre Augenlider nach unten. Dann drehte er sich zu dem Kind um. „Komm raus, ich kann deiner Mama nicht helfen. Ich muss den Krankenwagen holen."

„Ist sie tot?", fragte sie ängstlich und doch irgendwie gefasst.

Er nahm das Mädchen auf den Arm und drückte es an sich. „Ich glaube, ja."

Er wunderte sich, dass sie nicht weinte. Sie legte nur den Kopf auf seine Schulter und steckte den Daumen in den Mund. Sie immer noch auf dem Arm haltend, setzte er sich in der Küche auf einen Stuhl und wählte den Notruf.

Er schaute auf das Mädchen: „Armes tapferes Kind", dachte er plötzlich. Sie war doch erst fünf oder sechs Jahre alt. Was musste sie durchgemacht haben!

Plötzlich öffnete sie die Augen: „Ich bleibe bei dir."

„Mein Gott", dachte er, „was kommt denn da auf mich zu?"

„Hast du keinen Papa?" Sie schüttelte verneinend den Kopf, so wie bei den Fragen nach Oma, Opa, Onkel und Tante. „Jetzt hab' ich dich."

„Das ist nicht so einfach. Jetzt wird gleich die Polizei kommen und alles regeln."

Sie schaute ihn an. „Du bist der Weihnachtsmann." Sie sagte es in der tiefen Überzeugung, dass er ihr kraft seines Amtes helfen würde.

Er holte Luft. „Jetzt pass mal auf. Ich spiele nur den Weihnachtsmann für die vielen Kinder im Kaufhaus. Ich heiße in Wirklichkeit Angelo." Zur Bestärkung nahm er seine Mütze ab und riss sich den Bart vom Kinn. Aber das beeindruckte sie nicht. Sie schüttelte nur leicht den Kopf, legte wieder den Kopf an seine Schulter und steckte den Finger in den Mund.

Ihm ging einiges durch den Kopf: Wo übernachtet sie heute? Wer versorgt sie? Was passiert morgen und die folgenden Tage? Vielleicht hat sie doch irgendwelche Verwandte, von denen sie nichts weiß. „Wie heißt du denn eigentlich?"

„Angela!"

Jetzt musste er lächeln: „Und ich Angelo. Da passen wir ja direkt zusammen." Kaum ausgesprochen, bereute er es. Sie hatten nichts, überhaupt nichts miteinander zu tun.

„Du bist der Weihnachtsmann!"

Das schien ihr Zauberwort zu sein. Angelo drückte sie wieder an sich. „Schlaf ein wenig, dann sehen wir weiter."

In diesem Moment klingelte es. Er setzte sie auf den Stuhl, machte den beiden Polizisten die Türe auf und führte sie zum Schlafzimmer. „Gehen Sie bitte alleine rein, ich möchte der Kleinen den Anblick ersparen."

Innerhalb weniger Minuten wurde es turbulent. Es kam der Polizeiarzt, der den Tod bescheinigte, die Kriminalpolizei, die ihn verhörte und auch Angela vorsichtig befragte, dann eine Dame vom Jugendamt, die vergeblich versuchte, ihm das Kind aus dem Arm zu nehmen, und schließlich das Beerdigungsinstitut, das die Tote fortbrachte. Nur mit dem Versprechen, sie morgen gleich zu besuchen, gelang es ihm, Angela zu überreden mit der Frau mitzugehen, die sie in ein Kinderheim bringen wollte.

Den freundlicheren der beiden Kriminalbeamten fragte er, was mit der Mutter von Angela passiert sei.

„Da Sie kein Angehöriger sind, darf ich eigentlich keine Auskunft geben. Es ist ziemlich eindeutig, dass kein Verbrechen vorliegt. Ich gehe mal davon aus, dass sie sich den Goldenen Schuss gesetzt hat, aber das behalten Sie für sich. Vielleicht können Sie sich die nächsten Tage noch etwas um die Kleine kümmern. Das arme Kind hat ja niemanden".

„Wo bleibst du denn?", empfing ihn seine Freundin Camilla, die längst gekocht hatte, aufgebracht. Sie beruhigte sich aber schnell, als er anfing zu erzählen. „Und was wird jetzt mit dem Kind?"

„Keine Ahnung, zuerst sucht das Jugendamt Verwandte, wenn es niemand findet, dann bleibt sie halt im Kinderheim."

Camilla schaute ihn bestürzt an: „Wie kannst du das Ganze so unpersönlich sehen? Du bist der einzige Erwachsene, zu dem die Kleine Vertrauen hat. Du erschreckst mich!"

„Die Kleine ist ja sehr nett. Aber jetzt stell dir mal vor, ich kümmere mich um sie. Weißt du, was das bedeutet? Sie erwartet, dass ich sie regelmäßig besuche, vielleicht will sie auch noch mit zu uns nach Hause. Was soll ich mit einem Kind? Dazu habe ich keine Zeit und keine Lust."

„Es kann doch sein, dass es Verwandte gibt. Bis sie gefunden sind, musst du dich um sie kümmern." Leichte Röte stieg ihr ins Gesicht. „Falls du das nicht fertig bringst ... Ich kann mir nicht vorstellen, dass ich mit einem solchen Mann zusammenleben will."

Jetzt wurde er sauer. Ihm so zu drohen! „Lass mich in Ruhe. Ich hab genug um die Ohren, mein Examen, den Job als Weihnachtsmann und jetzt auch noch das. Du hast ja keine Ahnung. Das Mädchen ist vollkommen verwahrlost, die Mutter war ein Junkie. Wer weiß, was das Kind abbekommen hat. Die gehört in professionelle Hände."

Er ging in sein Zimmer, setzte sich die Kopfhörer auf und ließ sich mit Musik zudröhnen.

Am nächsten Tag hatte er mehrere Vorlesungen. Irgendwie konnte er sich nicht richtig konzentrieren. Dauernd ging ihm das kleine Mädchen durch den Kopf, das so vertrauensvoll den Kopf an seine Schulter gelegt hatte. Um 16 Uhr verließ er die Uni. Eigentlich wollte er in Ruhe lernen, heute hatte er im Kaufhaus frei. Ziellos lief er durch die Stadt.

Eine halbe Stunde später stand er vor einer großen Hofeinfahrt. Links ein Haus mit dem Schild „St. Anna-Heim", rechts ein Wirtschaftsgebäude und im Hintergrund verstreut zwischen Grünflächen drei kleinere Häuser. Von einem Spielplatz kam Kinderlärm. Irgendwie hatte er die Vorstellung gehabt, dass die Kinder eingesperrt seien.

Der Heimleiter bat ihn höflich, Platz zu nehmen. „Bitte sagen Sie mir, warum Sie die kleine Angela besuchen wollen. Sie ist in einem sehr schlechten Zustand. Normalerweise lassen wir höchstens enge Verwandte zu solchen Kindern."

„Was haben die mit ihr gemacht?", kam der Gedanke hoch. Vielleicht musste er sie hier rausholen! Aber das Gespräch nahm eine ganz andere Wendung. Der Heimleiter meinte, nachdem er aufmerksam zugehört hatte: „Vielleicht können Sie uns helfen, Angela redet dauernd von einem Weihnachtsmann, der sie abholt. Wir dachten, das Kind phantasiert. Das machen Kinder oft, wenn sie Probleme nicht mehr ertragen. Ich hole mal die Betreuerin". Er griff zum Telefonhörer.

Angela saß mit angezogenen Beinen und eingerollt in einem Sessel, den Daumen im Mund, den Kopf auf die Seite gelegt. „Sie schläft nicht", meinte Martina Menges, die Betreuerin, die Angelo in das Gruppenhaus mitgenommen hatte.

Als Angela die Stimme von Angelo hörte, schlug sie die Augen auf. Ein Leuchten ging über ihr Gesicht. „Ich habe recht gehabt!" Sie sprang auf und fiel ihm in die Arme.

Er konnte nicht anders, er nahm sie hoch und drückte sie an sich. Da fing sie bitterlich an zu weinen.

Martina zog sich still zurück. Angelo nahm einen Stuhl und setzte sich zu ihr. „Jetzt erzähl mal, wie es dir ergangen ist seit gestern Nachmittag."

Erstaunlicherweise plapperte sie lebhaft drauf los: Sieben Kinder wohnten in der Gruppe, der Älteste sei Steven, der schon 16 Jahre alt ist, dann gäbe es auch noch ein Baby, das dauernd weine. Bei ihr auf dem Zimmer schlafe die 8-jährige Manuela. Die sei ganz in Ordnung. Auch Martina und Ina, die beiden Gruppenmütter, könnte sie gut leiden. Ab morgen müsse sie in den Kindergarten. Plötzlich unterbrach sie, schaute ihn ernst an und fragte: „Ist meine Mama im Himmel?"

Was antwortet man da? Er schaute in ihre erwartungsvollen Augen. „Klar, wo denn sonst. Die sieht jetzt von da oben herunter und will wissen, ob es dir gut geht."

„Warum ist meine Mama tot?"

„Ich habe deine Mama nicht gekannt, ich weiß es nicht."

„Du bist doch der Weihnachtsmann!"

Jetzt fing sie schon wieder damit an! „Hör mal, du bist ein großes Mädchen. Den richtigen Weihnachtsmann, den gibt es nur da oben im Himmel, da wo auch deine Mama ist. Ich spiele ihn für kleine Kinder, um ihnen eine Freude zu machen."

Sie nickte ernsthaft. „Hast du mich trotzdem lieb?"

„Natürlich habe ich dich lieb. Du sagst jetzt Angelo zu mir, etwas anderes will ich nicht mehr hören."

Wieder nickte sie ernst. „Hast du auch eine Mama?"

„Natürlich habe ich eine Mama. Alle Menschen haben eine Mama, nur bei manchen ist sie schon gestorben, so wie bei dir. Aber deine Mama kann dir niemand nehmen. Auch wenn sie tot ist, bleibt sie da oben in deinem Kopf. Und wenn du mit ihr reden willst, dann mach es, sie hört dich. Sie kann dir zwar nicht antworten, aber helfen wird sie dir bestimmt."

Das Kind hing an seinen Lippen und nahm alles, was er sagte, für bare Münze. Noch lange unterhielten sie sich über Mamas und das Sterben, den Himmel und den lieben Gott, das Kinderheim und ihre Gruppe, die jetzt wie eine Familie für sie war. Er war stolz auf sich, wie er die Klippen überwand.

Nach einiger Zeit kam Martina wieder ins Zimmer. Lächelnd sagte sie zu Angela: „Jetzt ist dein Weihnachtsmann doch noch gekommen, ich freue mich richtig darüber."

„Das ist kein richtiger Weihnachtsmann", wurde sie belehrt, „das ist Angelo. Er heißt fast genauso wie ich. Wir gehören zusammen. Gell?"

Er nickte mit einem Kloß im Hals.

„Ich würde sagen, du verabschiedest dich jetzt von deinem Freund, der kommt bestimmt bald wieder. Geh' noch etwas raus zum Spielen, Manuela wartet schon vor der Tür auf dich, sie nimmt dich mit."

Angelo war erstaunt, dass sie die Anweisung der Betreuerin ohne Widerspruch hinnahm und sich mit einem Kuss auf seine Wange verabschiedete.

„Ich darf doch Angelo sagen", begann Martina ihr Gespräch. „Wir sind Ihnen richtig dankbar, dass Sie sich um das Kind kümmern."

„Ganz so ...", setzte er an. Als er die aufmerksamen Augen von Martina sah, hüstelte er: „Reden Sie nur weiter."

„Das Jugendamt sucht jetzt zuerst mal nach Familienangehörigen, um sie dort unterzubringen. Das wäre die beste und einfachste Lösung. Wenn das nicht funktioniert, bleibt sie bei uns. Wissen Sie, wir haben viele Kinder, die noch Elternteile haben, die sie an Wochenenden oder in den Ferien holen. Für die anderen bemühen wir uns um Paten, die sie mal besuchen oder auch ein Wochenende zu sich nehmen. Ich denke, Sie wären bei Angela dafür die erste Wahl."

Da wurde über seinen Kopf hinweg sein Leben verplant! Eigentlich hatte er ganz andere Dinge vor. Nach dem Examen vielleicht ein Praktikum in einer großen Firma oder ein Einsteigerjahr in USA. Er traute sich nicht, der Betreuerin zu widersprechen, um den guten Eindruck, den sie von ihm zu haben schien, nicht zu zerstören.

Er hörte gerade wieder hin, als sie sagte: „Das wäre wirklich eine große Hilfe, wenn Sie Angela zur Beerdigung begleiten würden. Ich rede mit Frau Herrmann vom Jugendamt."

Hatte er da schon zugestimmt? Vielleicht unbeabsichtigt genickt? Na ja, wenn er es sich recht überlegte. Angela würde es nicht verstehen, wenn er es nicht tun würde. „Vielleicht geht Camilla auch mit, dann ist es nicht so schlimm", tröstete er sich.

Eine Woche später holten Angelo und Camilla Angela im Heim ab. Fröhlich sprang sie in die Arme ihres Freundes und plapperte los, erzählte von der Gruppe und den Betreuerinnen, dem Kindergarten und den neuen Freunden dort. „Ist das deine Frau?", fragte sie.

Angelo lachte: „Nein, meine Freundin, vielleicht wird sie mal meine Frau."

Als sie am Friedhof hielten, fragte Angela mit Panik in der Stimme: „Wohin gehen wir?"

„Wir gehen zur Beerdigung deiner Mama. Haben sie das im Heim nicht gesagt?"

Sie nickte: „Doch." Sie legte den Kopf schräg und steckte den Finger in den Mund.

Angelo nahm sie an der Hand. „Komm, wir müssen rein."

„Und was passiert da?"

„Deine Mama liegt in der Kirche in einem Sarg. Der Pfarrer segnet sie und dann wird sie ans Grab gebracht."

„Wird sie in der Erde vergraben?"

Angelo nickte mit einem Kloß im Hals. Wie konnte sie nur so ruhig bleiben? „Weißt du, in Wirklichkeit ist sie da oben im Himmel und schaut auf dich herunter. Im Sarg ist nur ihr toter Körper." Er fühlte sich so hilflos. Wie konnte man etwas, das man selbst nicht verstand, einem kleinen Kind erklären?

Als sie vor dem offenen Grab standen und die wenigen Besucher Erde auf den Sarg warfen, schluchzte sie. „Tut das nicht weh?"

„Nein, wenn man tot ist, spürt man nichts mehr. Nicht mal, ob etwas kalt oder warm ist, schwer oder leicht, einfach nichts mehr. Der Körper bleibt da unten, aber ihre Seele, deine wirkliche Mama, die ist da oben im Himmel beim lieben Gott. Da hat sie es gut. Sie sorgt weiter für dich, da bin ich mir ganz sicher."

Wieder nickte sie ernst und drückte dabei seine Hand.

Frau Herrmann vom Jugendamt, die sich ihm vor der Einsegnungshalle vorgestellt hatte, verabschiedete sich nach der Beerdigung und dankte Angelo für alles, was er für das Kind getan hatte. „Wenn Sie wollen, können Sie Angela bis heute Abend mit nach Hause nehmen, ich sage im Heim Bescheid. Es ist besser, sie kann über das Ganze noch mal mit jemandem sprechen, den sie kennt." Sie lächelte: „Ich habe Ihnen vorhin zugehört. Ein Vater könnte es nicht besser machen."

Angela erkundete die Wohnung. Sie ging von Zimmer zu Zimmer und wollte wissen, wo er und wo Camilla schlief, wo sie aßen und wo sie Fernsehen schauten. Sie fand alles schön und interessant und auch mit Camilla wurde sie immer vertrauter. Beim Essen fragte sie plötzlich: „Darf ich bei euch schlafen?"

„Natürlich, kein Problem", antwortete Camilla schnell.

„Halt", bremste Angelo, „sie muss ins Heim, die warten auf sie."

„Dann ruf' doch an und frag' nach".

Eigentlich hatte er noch in Ruhe lernen wollen. Seine Hoffnung, dass die Betreuerin sich quer stellen würde, wurde zunichte gemacht. Martina meinte: „Das geht in Ordnung, es reicht, wenn Sie sie im Laufe des Morgens bringen."

Als Angelo Angela in die Mitte des großen Doppelbettes legte, sagte sie: „Bitte erzähl' mir noch was von meiner Mutter oben im Himmel."

Er setzte sich auf die Bettkante. „Weißt du, da oben im Himmel, da geht es deiner Mama gut. Alle sind freundlich zu ihr. Sie kann den ganzen Tag in der warmen Sonne sitzen und zu dir herunter schauen. Du musst öfter mal in den Himmel schauen und wenn eine kleine Wolke genau über dir steht, dann ist sie vielleicht dahinter versteckt, dann winkst du hoch und erzählst ihr, was du so tust und was du denkst. Da freut sie sich."

Angela steckte beruhigt den Daumen in den Mund und machte die Augen zu.

Als Camilla später auf der einen und er auf der anderen Seite lagen, blickte sie ihn über das Kind hinweg an: „Wie eine Familie, ist das nicht schön?"

„Pscht, sei ruhig, sie ist schon eingeschlafen!"

Nachts wurde er wach, als ihn etwas von der Seite schubste. Er fuhr hoch und merkte, dass Angela zu ihm herübergerutscht war und im Schlaf mit den Beinen um sich trat. Sanft streichelte er ihre Wange. Da beruhigte sie sich und kuschelte sich an ihn.

Als Angelo das Mädchen im Heim ablieferte, meinte die Betreuerin Ina: „Wenn Sie wollen, können Sie sie an den beiden Weihnachtsfeiertagen holen. Heiligabend wird in der Gruppe gefeiert, das ist für alle Pflicht, sonst gäbe es Kinder, die nach Hause dürfen und andere, die im Heim bleiben müssten. Das würde nur Neid erzeugen."

„Oh ja", strahlte Angela. Für sie gab es keinen Zweifel, dass ihr Freund sie auch haben wollte.

Daran hatte er gar nicht gedacht, das war ja schon in zehn Tagen. „Einen Tag sind wir bei meinen Eltern, den anderen bei den Eltern meiner Freundin", wandte er ein. Wieder einmal konnte er nicht nein sagen.

„Ich bin ein Feigling", dachte er.

Camillas Eltern freuten sich richtig. Sie boten Angela gleich an, dass sie „Opa" und „Oma" sagen könne. Sie fühlte sich sichtbar wohl. Angelo dachte: „Das Kind ist ausgehungert nach Familie. Wie ist es bloß groß geworden?"

Seine eigenen Eltern waren bei Weitem nicht so herzlich. Was sollten sie mit einem fremdem Kind? Alle waren froh, als der Tag zu Ende war.

Angelo und Camilla nahmen die Kleine von nun an einmal im Monat fürs Wochenende zu sich, manchmal besuchten sie sie auch zwischendurch. In den Ferien durfte Angela einige Tage am Stück bleiben. Nach und nach richteten Camilla und Angelo ihre Lebensgewohnheiten auf sie ein und planten Unternehmungen so, dass Angela mitkonnte.

Als die Einschulung anstand, erklärten sie sich bereit, sie zu begleiten, sie kauften ihr eine Schultüte mit Süßigkeiten, den Schulranzen bekam sie vom Heim. Als Angelo und Camilla mit ihr das Klassenzimmer betraten, rannte Angela zu einem Mädchen am Fenster. „Das ist Sylvie." Camilla sah, dass sie zu der Mutter etwas sagte und auf sie deutete. Daraufhin schaute die Frau herüber und grüßte.

„Komm, wir gehen mal hin", meinte Camilla, „das ist bestimmt eine Freundin von ihr." „Hallo", sagte Camilla, „die Kinder scheinen sich zu kennen."

Die Frau reichte den beiden die Hand. „Schuster, ich freue mich, Sie kennen zu lernen, Ihre Tochter hat sich mit unserer Sylvie angefreundet." Angelo wollte bei dem Wort „Tochter" Einspruch erheben. Da blickte er in Angelas ängstliche Augen. Er lächelte: „So, sie hat uns als ihre Eltern vorgesellt."

An einem Sonntagabend, als sie Angela ins Heim zurückbrachten, wurden sie von Ina beiseite genommen. „Ich muss etwas mit Ihnen besprechen: Die Recherchen des Jugendamtes haben ergeben, dass Angela keine Verwandten hat, die sie aufnehmen würden. Sie wird also zur Adoption freigegeben. Auf Dauer ist das für sie das Beste. Sie hat seltsamerweise trotz des Lebens bei der drogenabhängigen Mutter und der Vernachlässigung keine psychischen Schäden davon getragen. Das sagt jedenfalls unsere Psychologin. Es besteht die große Chance, dass sie in einer Adoptivfamilie ganz normal aufwächst. Wir stehen allerdings vor einem Problem: Das Verhältnis, das Angela seit einem Jahr zu ihnen aufgebaut hat. Vielleicht sollten Sie sich in der nächsten Zeit seltener sehen."

Angelo und Camilla waren schockiert. Das Kind war ein Teil ihres Lebens geworden.

Am vierten Advent wurden sie vom Heim zum Weihnachtsmarkt eingeladen. Es gab Kaffee und Kuchen, die Kinder verkauften selbstgebasteltes Spielzeug, ein Frauenkreis verteilte Geschenke und der Kinderchor der Grundschule sang Weihnachtslieder. Camilla und Angelo saßen an einem kleinen Tisch und tranken Kaffee. Angela spielte mit den anderen Kindern, ab und zu kam sie hastig vorbei und erzählte von ihren Abenteuern, bevor sie wieder loszog. Die beiden fühlten sich nicht wohl, sie waren wegen Angela gekommen, aber die schien sie kaum wahrzunehmen.

Martina setzte sich zu ihnen: „Eigentlich mag ich diese Veranstaltung nicht mit den vielen Muttis, die unsere Kinder verwöhnen und streicheln und sie am nächsten Tag wieder vergessen haben. Aber wir brauchen sie, um an Spenden zu kommen. Übrigens, wegen der geplanten Adoption muss ich unbedingt mit Ihnen reden. Das Jugendamt hat ein interessiertes Paar gefunden, es schlägt einen ersten Kontakt über die Weihnachtsfeiertage vor."

Angelo wurde blass: „Weiß es Angela schon?"

„Wir müssen zuerst ein zwangloses Treffen arrangieren, auf dem sich beide Seiten etwas beschnuppern können. Angela erzählt manchmal von Ihnen, als ob Sie ihre Eltern wären. Wir müssen ihr einfach klar machen, dass Sie nicht dafür in Frage kommen."

Camilla kämpfte mit den Tränen. „Aber an Weihnachten bekommen wir sie doch noch mal?"

Martina tröstete: „Wenn Ihnen so viel daran liegt, auf zwei Wochen kommt es jetzt auch nicht mehr an. Machen wir es wie letztes Jahr. Nehmen Sie sie über die Feiertage. Aber vielleicht können Sie sie darauf vorbereiten, dass sie sich in Zukunft nicht mehr so häufig sehen werden."

Camilla nickte. Sie wollte jetzt nicht mehr reden, nur noch nach Hause.

Am Morgen des ersten Weihnachtsfeiertags gingen sie mit Angela zuerst in den Kindergottesdienst, dann machten sie eine kleine Feier vor ihrem geschmückten Weihnachtsbaum. Zuerst spielte Camilla ein Lied auf der Flöte, anschließend trug Angela ein kleines Gedicht vor und Angelo las die Geschichte von der Geburt Jesu. Dann durfte Angela ihr Geschenk auspacken. Anschließend spielten sie Memory und tranken aus dem neuen Puppengeschirr Kaffee.

Am zweiten Weihnachtsfeiertag besuchten sie Camillas Eltern, die sich freuten, das Kind zu sehen, und die alte Puppenküche ihrer Tochter aufgebaut hatten. Angelo wunderte sich, wie selbstverständlich die Kleine „Oma" und „Opa" sagte.

Als sie Angela am Abend bei Martina ablieferten, verabschiedete sie sich von beiden mit einem Kuss. Freudig lief sie davon, sie hatte ja so viel zu erzählen. Und die beiden würden bald wieder kommen, da gab es für sie keinen Zweifel.

Martina fragte: „Haben Sie mal mit ihr gesprochen?"

„Ehrlich gesagt", meinte Camilla, „wir haben es nicht übers Herz gebracht. Aber ich würde Sie gerne etwas fragen." Sie blickte Angelo an: „Es tut mir leid, dass ich nicht vorher mit dir darüber gesprochen habe. Also", setzte sie noch mal an, „könnten wir beide Angela eigentlich auch adoptieren?"

„Ja, richtig, das hätte ich auch gerne gewusst", unterstützte sie Angelo spontan.

Erstaunt sah sie ihn an. Warum hatte er nie etwas gesagt?

Martina schaute von einem zum anderen und lächelte. „Genau auf diese Frage warten wir schon lange. Was meinen Sie, warum wir das Ganze so lange hinausgezögert haben. Wir alle hier im Heim hatten schon fast aufgegeben. Wenn Sie das Kind wirklich wollen, werden Sie es auch bekommen." Verschmitzt lächelnd fügte sie noch hinzu: „Natürlich, wenn Sie verheiratet wären, ginge es schneller!"

Hunderttausend Schuhe

Achille besuchte meistens die Zehn-Uhr-Messe im Colmarer Münster, während seine Frau zu Hause im Restaurant die Vorbereitungen für den Sonntagsbetrieb überwachte. Am 2. Advent im Jahre 1939 blieb er auf dem Heimweg vor den Auslagen des Schuhgeschäfts „100 000" stehen, das nach dem gleichnamigen jüdischen Besitzer benannt war. Da die Zahl als Schriftzug ganz groß über dem Schaufenster stand, waren Fremde der Meinung, dass damit wohl die Anzahl der hier angebotenen Schuhe gemeint war. Ein typisch jüdischer Verkaufstrick, sagten viele.

Achille überlegte sich gerade, ob er sich für den Silvesterball nicht ein paar neue schwarze Lackschuhe kaufen sollte, als neben ihm plötzlich der Seniorchef des Ladens stand und ihn höflich grüßte: „Bonjour Monsieur Immelé, wie geht's?"

„Gut, sehr gut. Das Geschäft läuft so gut wie noch nie. Man würde nicht meinen, dass wir schon drei Monate Krieg haben."

„Vielleicht gerade deshalb. Die Leute wollen sich vergnügen, es könnte ja das letzte Mal sein! Wenn die Deutschen in die Offensive gehen, werden sie uns überrennen, wie sie es mit den Polen gemacht haben. Die kommen so schnell über uns, dass wir gar nicht wissen, wie uns geschieht."

„Monsieur Hunderttausend, ich glaube, Sie sehen zu schwarz. Die französische Armee gilt als die schlagkräftigste der ganzen Welt und die Maginot-Linie lässt sich nicht so leicht überwinden."

„Das sehe ich anders, die Deutschen haben schlechte Zeiten hinter sich, das hat sie zäh gemacht. Und dieser Hitler hat das ganze Volk fanatisiert. Solche Soldaten kämpfen anders als unsere verwöhnten Kinder."

„Ich kann ihre Befürchtungen ja verstehen, wenn man liest, was sie drüben mit den Juden treiben. Aber so etwas werden sie sich im Ausland nicht erlauben. Wenn sie uns besetzen, müssen sie sich ans Völkerrecht halten." Achille reichte dem jüdischen Geschäftsinhaber die Hand. „Ich muss an die Arbeit. Grüßen Sie Ihre Frau von mir. Und machen Sie sich nicht so viele Sorgen. Den Deutschen gehört jetzt halb Polen. Jetzt haben sie ihren Lebensraum im Osten, den sie immer wollten. Ich denke, sie werden im Westen einlenken."

An diesem Sonntag war viel Betrieb in Wirtschaft und Restaurant, sodass Achille erst am nächsten Tag dazu kam, seiner Frau vom Gespräch mit Monsieur Hunderttausend vom Schuhgeschäft zu erzählen.

„Gut, dass du mich daran erinnerst", meinte seine Frau Albertine. „Ich bräuchte unbedingt ein paar neue Schuhe. Ich werde mich die nächsten Tage darum kümmern."

„Tu das", ermunterte sie Achille, „wer weiß, vielleicht hat er doch Recht. Wenn die Deutschen siegen, ist unser Geld nichts mehr wert."

Noch am gleichen Tag schickte Albertine das Dienstmädchen, um Schuhe zur Ansicht zu holen. Madame Hunderttausend kannte ihre Größe und ihren Geschmack und überließ ihr immer einige Paare zur Auswahl, die sie zu Hause in Ruhe anprobieren konnte. Das hatte den Vorteil, dass Albertine den Betrieb nicht unbeaufsichtigt lassen musste, denn einen Ruhetag gab es nicht.

Anna wollte bei dieser Gelegenheit auch für sich selbst einkaufen. Etwa eine Stunde später kam sie mit Franz, dem Chauffeur, zurück. Jeder trug schwer an einem prall gefüllten Sack.

„Um Gottes willen, was schleppt ihr denn da?", rief Albertine.

Anna war verlegen, weil sie Franz mitgenommen hatte. „Madame Hunderttausend hat uns eingepackt und eingepackt. Sie war nicht aufzuhalten", berichtete sie mit rotem Kopf. „Sie hat auch noch Schuhe für Ihren Mann und die Kinder reingetan, ich konnte sagen, was ich wollte. Sie meinte, Sie könnten sie ja wieder zurückbringen und sollten sich ruhig Zeit lassen mit dem Auswählen."

Albertine schüttelte den Kopf. „Manchmal übertreiben die Juden mit ihrer Geschäftstüchtigkeit", dachte sie. Sie war ärgerlich, sie wollte sich nicht so bedrängen lassen. „Stellt die beiden Säcke hoch in unser Schlafzimmer," sagte sie zu Anna und Franz. „Heute komme ich nicht mehr dazu."

Nach einer Woche hatten schließlich jedes ihrer sieben Kinder, ihr Mann und sie selbst ein paar Schuhe ausgewählt. Da das Geschäft gut lief, hatten sie sich doch so richtig eingedeckt. Es war schließlich Krieg und wer weiß, was noch alles passierte. Die restlichen Schuhe verstaute sie sorgfältig in den beiden Säcken und schickte damit Anna und Franz wieder zurück. „Richtet Madame Hunderttausend aus, dass der Patron am Sonntag vor der Messe das Geld vorbeibringt."

Es ging nicht lange und die beiden waren mit ihren Säcken wieder zurück. „Mein Gott, wenn man nicht alles selbst macht", dachte Albertine.

„Patronne, wir können nichts dafür", Franz hatte seinen Sack vorsichtig von der Schulter genommen. „Das Geschäft ist geschlossen."

„Und warum seid ihr dann nicht hinten rum reingegangen? Ich kann diese Schuhe nicht mehr sehen."

„Da ist niemand mehr. Die sind abgehauen, haben die Nachbarn gesagt, wahrscheinlich nach Amerika zu Verwandten. Die Juden haben Angst, dass die Deutschen kommen. Vielleicht wissen sie mehr als wir."

Albertine war ratlos. Warum hatte sie sich nur so viel Zeit gelassen? Was würde nur die Familie Hunderttausend von ihr denken?

Sie stellte die folgenden Tage Erkundigungen an. Es wusste keiner so recht, wohin die jüdische Familie gegangen war, in die nahe Schweiz, nach Amerika oder auch nur ins Innere von Frankreich, wie so viele andere. „Na ja, zu verstehen ist es ja", dachte Albertine, „wenn man tagtäglich in der Zeitung liest, was im Reich geschieht!"

Sie packte die bereits ausgewählten Schuhe wieder in die Säcke und stellt sie auf den Dachboden. Da war sie sich mit ihrem Mann einig, ohne Bezahlung hatten sie nicht das Recht, sie zu behalten. Wenn der Krieg gut ausginge, würde die Familie Hunderttausend wahrscheinlich wieder zurückkommen und sie könnten alles regeln. Auf die bevorstehenden Weihnachtsfeiertage deckten sie sich dann in einem anderen Geschäft mit neuen Schuhen ein.

*

Ein Jahr später erlebten sie Weihnachten unter deutscher Besatzung. Das Elsass war „judenfrei", wie Robert Wagner, Gauleiter von Baden und dem Elsass, stolz verkündete, und auch Franzosen, Afrikaner und Zigeuner waren ausgewiesen oder „umgesiedelt" worden. Das Weihnachtsfest wurde in der Familie Immelé still, nur mit den Kindern und dem Personal, gefeiert, – vorbei war es mit großen Festmenüs und Bällen bis in den Morgen. Noch waren viele Lebensmittel ohne Marken erhältlich, die Menschen lebten besser und freier als im übrigen deutschen Reich, aber die Angst ging um vor Arbeits- und Militärdienst, vor Gestapo und Konzentrationslager.

In den folgenden Jahren wurde die Stimmung immer schlechter. Da es den Nazis nicht gelang, die Elsässer zu „germanisieren", wurden die Zwangsmaßnahmen immer bedrückender. Weihnachten 1942 waren Tausende Elsässer in die für ihre „Umerziehung" gebauten Konzentrationslager Struthof und Schirmeck gebracht worden, Städte- und Straßennamen waren eingedeutscht, die Jungen und Mädchen zum Arbeitsdienst eingezogen und die allgemeine Wehrpflicht eingeführt worden. Ein Jahr später wurde auch noch der Gebrauch der französischen Sprache mit KZ-Aufenthalt bestraft, französische Familiennamen in deutsche umgewandelt, Sippenhaft für Familienangehörige von Deserteuren eingeführt.

An Weihnachten 1944 konnte das Elsass aufatmen: der größte Teil war kurz vorher von alliierten Truppen befreit worden. Lediglich Colmar war bis an den Rhein und zur Breisacher Brücke noch in deutscher Hand.

Für die Familie Immelé waren es die schlimmsten Weihnachten seit Kriegsbeginn. Beide Söhne waren im Krieg und zwei der Töchter im Arbeitsdienst, eine arbeitete als Lehrerin im Badischen. Es war abzusehen, dass sie in wenigen Tagen durch die Front voneinander getrennt würden. Bis auf Anna war das Personal im Krieg, beim Arbeitsdienst oder versteckte sich vor den deutschen Truppen. Albertine und Achille waren froh, dass die zwei jüngsten Mädchen noch zur Schule gingen.

Zum ersten Mal konnte Albertine nichts schenken, nicht mal Weihnachtssterne backen.

Einen Tag vor Heiligabend fielen ihr die zwei Säcke mit Schuhen ein, die noch unberührt auf dem Dachboden standen. „Du, Achille", sagte sie zu ihrem Mann, „das wäre doch eine Freude für die Kinder und für uns alle, wenn wir uns jeder ein Paar Schuhe aus den Säcken nehmen würden. Was meinst du?"

Er schaute sie einen Moment nachdenklich an. „Du hast Recht, ich denke, die Familie Hunderttausend hätte bestimmt nichts dagegen, wenn sich jeder mit einem Paar eindeckt. Wir zahlen, wenn sie wieder zurückkommen. Der Krieg geht ja Gott sei Dank dem Ende entgegen."

Im Herbst 1947 wurde das Schuhgeschäft „100 000" wieder eröffnet. Albertine und Achille waren so sehr mit dem Neu-aufbau ihres Restaurants beschäftigt, dass sie dies zuerst einmal nicht mitbekamen. Beschädigte Wirtschaftsgebäude mussten ausgebessert, Personal eingestellt und alles neu organisiert werden. So wie 1940 alles auf Deutsch umgestellt worden war, musste jetzt alles wieder rückgängig gemacht werden. Es war noch schlimmer, alles Deutsche war jetzt, im Gegensatz zur Zeit vor dem Krieg, ausdrücklich verboten.

Bei einem Einkaufsbummel in der zweiten Adventswoche bestaunte Albertine die wieder vollen Schaufenster, das meis-te war unerschwinglich. Sie blieb auch vor dem Schuhgeschäft „100 000" stehen. Erst nachdem sie eine Zeitlang die ausge-stellten Schuhe bewundert hatte, fragte sie sich, wer wohl jetzt das Geschäft führte. Während der Besatzungszeit, in der der Geschäftsführer ein deutscher Nazi war, hatte sie dort nicht eingekauft. Sie schaute sich um, ein Schaufenster weiter stand eine alte Bekannte. „Pardon Madame Kraus, wissen Sie, wer jetzt das Schuhgeschäft führt?"

„Ah, bonjour Madame Immelé, haben Sie das nicht mitbe-kommen? Der junge Hunderttausend ist mit seiner Familie zurückgekommen. Seine Eltern sind leider in der Schweiz ge-blieben. Sie haben es nicht verwunden, dass es so viele Elsäs-ser gab, die gegen die Juden waren, sogar schon lange vor dem Einmarsch der Deutschen. Der junge Mann versteht es wie sein Vater, gute und elegante Ware zu besorgen".

Zwei Tage später betraten Achille mit einem Sack und Al-bertine und Anna mit dem anderen den Laden. Die auf sie zueilende Verkäuferin fragten sie nach dem Geschäftsführer. Dieser kam rasch, weil er sich nicht vorstellen konnte, was die drei mit ihren Säcken wollten.

„Bonjour, Monsieur, Mesdames, kann ich Ihnen helfen?" Er reichte jedem die Hand.

„Sind Sie Monsieur Hunderttausend?"

„Ja, ich bin der Inhaber des Geschäftes. Was kann ich für Sie tun?"

„Mein Name ist Immelé, dies ist meine Frau und das Anna, die bei uns arbeitet. Wir haben Ihre Eltern sehr gut gekannt."

„Das weiß ich, sie haben oft von Ihnen gesprochen. Ich habe Sie leider nicht wiedererkannt. Der Krieg hat bei uns allen Spuren hinterlassen. Ich freue mich sehr, dass Sie gekommen sind. Darf ich Sie zu einem Kaffee einladen?"

„Gerne, aber zuerst möchten wir das loswerden." Achille erklärte, wie sie zu den Säcken mit Schuhen gekommen waren. Er entschuldigte sich, dass sie beim letzten Kriegsweihnachtsfest, das so sehr durch Entbehrungen geprägt war, Schuhe genommen hatten. Aber sie würden selbstverständlich dafür zahlen.

Der junge Hunderttausend knüpfte wortlos die Säcke auf und kippte die Schuhe auf den Boden. Dann bückte er sich und stellte sie sorgfältig nebeneinander. Er stand auf und sah sich die Reihe an. Dann schüttelte er den Kopf. „Das muss ich meiner Frau zeigen."

Die drei fühlten sich recht unbehaglich. Ob er ihnen Vorwürfe machen würde, weil sie damals die Schuhe nicht rechtzeitig zurückgebracht hatten?

Nur flüchtig gab ihnen die hübsche junge Frau die Hand. Sie schaute langsam Paar für Paar an, dann machte sie einen Schritt zurück. Plötzlich lächelte sie, dann fing sie an zu lachen, zuerst leise, dann immer lauter. Ihr Mann fiel ein, beide lachten und lachten, bis ihnen die Tränen kamen.

Die Immelés und Anna standen verlegen daneben. Als die beiden nicht aufhörten, wurde Achille ärgerlich. Behandelte man so Kunden?

Hunderttausend bemerkte den Stimmungsumschwung gerade noch rechtzeitig. „Entschuldigen Sie vielmals, ich weiß, wir sind unhöflich. Aber lassen Sie es sich erklären. Meine Eltern haben, bevor sie Colmar verließen, Schuhe an Bekannte und gute Kunden verteilt, weil kein anderes Geschäft sie übernehmen wollte. Die Säcke waren ein Geschenk. Meine Eltern sagten dies nicht ausdrücklich, weil sie ahnten, dass Sie es nicht angenommen hätten." Jetzt wurde er ernst. „Sie sind eine sehr ehrenhafte Familie und die einzigen, die die Schuhe zurückgebracht haben. Sie hätten sie gerne behalten können. Was denken Sie, was wir heute mit den Schuhen anfangen können? Wir haben in unseren Auslagen die neuesten Modelle aus Paris, der Schweiz und Italien. Diese Schuhe sind nicht mehr in Mode, sie sind nicht mehr zu verkaufen. Es tut mir furchtbar leid, dies sagen zu müssen."

Achille und Albertine schauten sich an, ihnen war nicht zum Lachen zumute, wie hatten sie nur so dumm sein können? Manche Entbehrung wäre ihnen erspart geblieben.

Frau Hunderttausend schien die Gedanken der beiden zu lesen. Sie trat auf sie zu und ergriff ihre Hände. „Bitte ärgern Sie sich nicht. Die Geschichte ist wunderbar. Bei allem, was wir erfahren und erleiden mussten, verzweifelten wir nicht, weil wir ab und zu auf solche Menschen treffen, wie Sie es sind."

Russische Weihnachten

Leichte Röte überzog das Gesicht von Igor, als er beim Nachtessen stotternd von sich gab: „Hm, hört mal, ich bringe an
Heiligabend ein Mädchen mit."

Der Vater runzelte die Stirn: „Du hättest sie uns ruhig vorher mal vorstellen können."

Seine Mutter strahlte. Sie hatte schon lange bemerkt, dass
sich da etwas anbahnte. „Selbstverständlich ist sie willkommen. Ist es eine von uns?" Sie meinte damit, eine aus den russlanddeutschen Familien.

„Immer mit der Ruhe! Es ist ganz anders, als ihr denkt. Es
ist ein russisches Mädchen. Ich habe sie zufällig kennen gelernt
und bin auch ein paar Mal mit ihr ausgegangen. Mehr ist nicht.
Sie hat mir leid getan, weil sie über die Feiertage vollkommen
alleine ist. Außerdem hat sie mir erzählt, dass sie noch nie ein
Weihnachtsfest miterlebt hat."

„Eine richtige Russin?", fragte sein Vater. „Und wie kommt
sie nach Deutschland?"

„Sie macht in einer Großhandelsfirma ein halbjähriges Praktikum um Deutsch zu lernen. In Russland soll sie dann als Sach-
bearbeiterin arbeiten. Sie hat Betriebswirtschaft studiert."

„Eine Russin kommt mir nicht ins Haus!"

„Ich kann dich nicht verstehen, Papa. In Kasachstan hatten
wir auch russische Freunde. Wir sind doch selbst halbe Russen."

So wütend hatte Igor seinen Vater schon lange nicht mehr
gesehen. „Wir mussten die Heimat unserer Väter verlassen und

in Kasachstan ganz von vorne anfangen. Ich will von denen nichts mehr wissen, ich war, ich bin und ich werde immer ein Deutscher sein."

Nach einigen Minuten peinlichen Schweigens, während dessen alle in ihren Tellern herumstocherten, ergriff Igors Mutter das Wort: „Mann, ich verstehe dich, du hast ja recht, die Russen haben uns übel mitgespielt. Aber es gab doch auch unter denen gute Menschen. Erinnerst du dich daran, wie uns die Nachbarn mit Kinderkleidern versorgt haben? Und stell dir so ein junges Mädchen vor, alleine in einer Großstadt. Du hast doch selbst eine Tochter in dem Alter."

„Aber ich werde kein Wort russisch reden", ergriff er den Rückzug.

„Das brauchst du auch nicht", die Mutter tätschelte die Hand ihres Mannes. Sie wusste, er hatte ein gutes Herz, aber im Kampf gegen die vielen Enttäuschungen, die er im Leben erlitten hatte, war er hart geworden.

Für Swetlana gab es nur ein paar vage Erinnerungen an Ferien bei ihren Großeltern, die sie, als sie noch sehr klein war, in der Weihnachtszeit in einen orthodoxen Gottesdienst mitgenommen hatten. Der geschmückte Tannenbaum in der Wohnzimmerecke, der Geruch von Weihnachtsgebäck und Tannennadeln und leise Weihnachtsmusik ließen etwas davon lebendig werden. Von Christus hatte sie in ihrer Schulzeit im Philosophieunterricht gehört. Sie hatte gelernt, er sei ein Scharlatan gewesen, einer der behauptete, Sohn Gottes zu sein, und einer, der eine große Weltreligion gründete, die später im Dienste des Kapitalismus half, die Werktätigen zu unterjochen und auszubeuten.

Der Abend heute kam ihr wie ein Theaterbesuch vor, ein gesellschaftliches Ereignis, ein kleines Fest, viel besser als alleine in ihrem Ein-Zimmer-Apartment, das die Firma für sie gemietet hatte.

Igors Vater gab Swetlana kurz die Hand und grüßte förmlich auf Deutsch. Die Mutter nahm das hübsche Mädchen mit den leicht schrägen Augen kurzentschlossen in die Arme und küsste sie nach russischer Sitte auf beide Wangen. Sie erinnerte sich gut an den ersten Besuch im Elternhaus ihres Mannes und wollte dem Mädchen die Hemmungen nehmen.

Igor zeigte Swetlana stolz den Baum, den er zusammen mit seiner Schwester Irina geschmückt hatte. Er wies auch auf die Figuren der Weihnachtskrippe hin, die sein Großvater noch in Kasachstan geschnitzt hatte.

„Und was bedeuten sie?"

Igor schaute sie ungläubig an. Er hatte vergessen, dass seine Generation in der ehemaligen Sowjetunion kaum etwas vom christlichen Glauben gehört hatte. Er erklärte ihr, dass dies die Geburt Christi, Gottes Sohn, in Bethlehem darstelle.

Sie hatte etwas Mühe, seiner phantastischen Geschichte zu folgen. Dies sollte der Sohn eines Gottes sein? Wenn es so etwas Unwahrscheinliches überhaupt gab, wie die Geburt eines Gottes, dann hätte sie sich das Ganze pompöser vorgestellt, nicht so armselig in einem Stall und in einer Futterkrippe. Sie wagte aber nicht, ihre Gedanken auszusprechen, damit ihre Gastgeber sich nicht verletzt fühlten.

Bei Weihnachtsgebäck und schwarzem Tee, nach russischer Sitte im Samowar zubereitet, saßen sie um den Esszimmertisch und unterhielten sich angeregt auf Russisch. Selbst der Opa widmete sich Swetlana; das Mädchen mit den langen schwarzglänzenden Haaren gefiel ihm. Es machte ihm auch Spaß, wieder einmal russisch zu sprechen. Lediglich Igors Vater beteiligte sich nicht. Richtete einer am Tisch das Wort auf Russisch an ihn, gab er nur kurz auf Deutsch Antwort. Swetlana, die sich am Anfang über die herzliche Aufnahme gefreut hatte, wurde immer stiller. Sie spürte die Ablehnung.

Nach einiger Zeit räusperte er sich. Er legte die Hand auf die Bibel. „Wir wollen beten", sagte er streng. Sie standen alle auf und falteten die Hände zum Gebet. Swetlana folgte den anderen zögernd. Auf Deutsch, wie es die Vorfahren getan hatten, dankten sie Gott für das tägliche Brot und legten das Bekenntnis zu ihrem Glauben ab. Nach einem Weihnachtslied setzten sie sich und der Vater schlug die Geschichte von der Geburt Jesu auf.

Als er sie vorgelesen hatte, meinte Irina zaghaft: „Wir haben doch auch eine russische Bibel, daraus könnten wir für Swetlana die Weihnachtsgeschichte vorlesen."

Der Vater schaute seine Tochter an: „Nein, wir sind Deutsche in Deutschland."

Igor war blass geworden. Schon oft hatte er sich in letzter Zeit mit seinem Vater gestritten, weil dieser einfach nicht verstehen wollte, dass das Leben hier in Deutschland nicht dem Bild entsprach, das sich die Russlanddeutschen in der alten Heimat gemacht hatten.

Als Irina merkte, dass ihr Bruder zornig aufstehen wollte, hielt sie ihn fest. „Bleib", flüsterte sie. Ihr Vater war nun mal so und vor Swetlana sollte es nicht zur Auseinandersetzung kommen. Was sollte sie von ihrer Familie denken?

Der Großvater schüttelte missbilligend den Kopf. Sein Schwiegersohn war unhöflich. So behandelte man keinen Gast. Gastfreundschaft war in ihrer Familie immer hochgehalten worden.

„Fangen wir mit der Bescherung an", sagte die Mutter in das peinliche Schweigen hinein. Schnell holte sie die unter dem Tannenbaum bereitgelegten Päckchen und überreichte sie. Sie umarmte jeden, küsste auf beide Wangen und wünschte auf Russisch „Fröhliche Weihnachten". Auch Swetlana erhielt ein Geschenk: ein paar Süßigkeiten und warme Handschuhe, die die Mutter noch schnell besorgt hatte.

Beim Nachtessen kam keine Stimmung auf. Der Vater saß gedankenversunken da und beteiligte sich überhaupt nicht mehr am Gespräch. Igor und seine Schwester plapperten belangloses Zeug, als ob es den unschönen Ausbruch nicht gegeben hätte. Opa, der von den ganzen Aufregungen müde geworden war, nickte bald in seinem Sessel ein.

Nur Swetlana fühlte sich erstaunlicherweise ein klein wenig glücklich. Sie spürte die Wärme der Familie, die sie einhüllte. Sie nahm dem Vater die Ablehnung nicht übel, weil er sie so sehr an ihren eigenen erinnerte. Auch er war vom Leben enttäuscht. Früher ein erfolgreicher Funktionär, der sich für seine Leute einsetzte, war er jetzt arbeitslos, hatte kaum genug zum Überleben, vor allem fehlte ihm die Achtung und Anerkennung, die er so genossen hatte.

Als sich Swetlana verabschiedete, gab ihr der Vater wieder nur sehr formell die Hand, während die Mutter sie in die Arme nahm und an sich drückte. „Einen Moment", sagte sie und ging auf den Wohnzimmerschrank zu. Sie kramte eine Zeitlang in den Schubladen, während die anderen verwundert zusahen.

„Hier ist sie", sagte sie halblaut. Mit einem kleinen Lächeln, dem Blick des Mannes ausweichend, ging sie auf Swetlana zu. „Hier nehmen Sie, das ist unsere russische Bibel. Sie können sie behalten. Wir brauchen sie nicht mehr."

*

Swetlana schlenderte die Hauptstraße der russischen Provinzhauptstadt entlang. Sie hatte noch etwas Zeit bis ihr Bus fuhr. Sie schaute sich um, es war alles noch unverändert. Jetzt erst bemerkte sie den Unterschied zur Glitzerwelt der deutschen Großstadt. Die Häuser waren verschmutzt, ungepflegt und zum Teil verfallen, die Autos alt und laut. Und doch, sie atmete auf, endlich wieder daheim.

Plötzlich blieb sie stehen. Was war das? Sie hörte Gesang. Sie hatte nie darauf geachtet, aber hier stand eine Kirche, etwas versteckt zwischen den Geschäften. Zögernd ging sie auf die Tür zu. Der Raum war voll mit alten und jungen Menschen, die andächtig nach vorne zum Altar blickten. Sie hatte zwar im Fernsehen gesehen, dass die orthodoxe Kirche wieder großen Zulauf hatte, aber so viele Menschen hatte sie nicht erwartet. Sie lehnte sich an eine Wand. Der Gesang hatte etwas Unwirkliches an sich, er schien sie fortzutragen. Nach wenigen Minuten folgte sie nicht mehr dem Geschehen vorne am Altar, mit dem sie auch nichts anzufangen wusste. Das Leben der letzten Wochen lief noch einmal vor ihrem geistigen Auge ab. Die vielen Eindrücke in Deutschland, das moderne Leben war aufregend, hektisch, aber auch kalt und unpersönlich.

Als sich Igor am Flughafen Frankfurt verabschiedete, hatte er sie auf beide Wangen geküsst und ihr zugeflüstert: „Ich liebe dich, bleib hier." Sie hatte ihm übers Gesicht gestrichen.

„Bitte, lass mir etwas Zeit. Ich muss nach Hause, ich habe Heimweh und halte es hier nicht mehr aus. Ich schreibe dir bestimmt, hab' etwas Geduld."

Swetlana wachte aus ihren Träumen auf, der Gesang war verstummt, der Gottesdienst zu Ende. Die Menschen strömten Richtung Ausgang. Sie blieb an die kalte Wand gelehnt und dachte an Weihnachtsgebäck, schwarzen Tee, an Igor.

Immer an Heiligabend

1 Jahr · Florian staunt über Kerzenlicht und bunte Weihnachts-kugeln, zieht das Gesteck von der Anrichte und brüllt laut, weil seine Mutter mit ihm schimpft. Viele Gesichter machen „Eidadei", rufen „Ist der goldig" und schütteln Rasseln, Stoff-tiere und weiteren Krimskrams vor seinen Augen hin und her.

2 Jahre · Florian ist ganz aufgeregt, was ist nur passiert? Weih-nachtsbäume, Weihnachtsmänner, Musik, Lichter, Spielzeug, Er kommt aus dem Staunen nicht heraus. Papa, Mama, Omas, Opas, Onkel und Tanten, alle bringen allen Geschenke.

3 Jahre · Advent, Advent ... ein Lichtlein brennt. Florian liebt das Gedicht, das er im Kindergarten gelernt hat. Unter dem Weihnachtsbaum liegt ein großer Ball und ein Laster. Herrlich: Papa und Opa krabbeln auf dem Boden und spielen mit ihm.

4 Jahre · Die Welt ist voller Wundergestalten: Nikolaus und Santa Claus, das Christkindl und Luzia mit den Rentieren, die Heiligen Drei Könige und das Jesuskind. Jeden Tag und über-all spielen sich Märchen ab, im Kindergarten, im Kaufhaus, zu Hause, vor allem an Heiligabend.

5 Jahre · Florian erfährt im Kindergarten, dass an Weihnachten das Jesuskind in einem Stall geboren wurde. „St. Nikolaus und das Christkindl waren dabei!", malt sich Florian aus und ist froh, dass wenigstens die beiden später nicht ans Kreuz genagelt worden sind. Wer hätte ihm sonst an Heiligabend die vielen Geschenke bringen sollen?

6 Jahre · Mit den Freunden werden Erfahrungen über Heiligabend ausgetauscht. Bei Mike füllt der Weihnachtsmann nachts die vor die Türe gestellten Stiefel. Florian ist froh, dass ihm die elektrische Eisenbahn durch den Kamin gebracht worden ist, in den Stiefel hätte sie bestimmt nicht hinein gepasst! Sina erzählt vom Christkindl, das wäre so ein Engel, der mit ganz hoher Stimme spricht und einen Schleier vorm Gesicht hat. Bastian meint, das sei bei ihm zu Hause die Tante Gertrud gewesen. Das nimmt ihm aber keiner ab.

7 Jahre · Eigentlich glaubt Florian nicht mehr an den Weihnachtsmann und das Christkind, aber dann doch noch ein wenig, weil er Angst hat, dass ungläubige Kinder keine Geschenke bekommen. Am schönsten ist, dass an Heiligabend alle miteinander Mensch-ärgere-dich-nicht spielen.

8 Jahre · Lächelnd lässt Florian die Lügen der Eltern über den Weihnachtsmann, der angeblich heimlich die Geschenke abgegeben hat, über sich ergehen. Wenn es ihnen Spaß macht! Hauptsache er bekommt die versprochenen Ski von den Eltern, das Handy von der Oma und das Computerspiel vom Patenonkel.

9 Jahre · Eine richtig schöne Weihnachtsfeier: Florian trägt ein Gedicht vor, Papa liest die Weihnachtsgeschichte, zusammen singen sie „Oh du Fröhliche" und „Alle Jahre wieder ..." Nach der Bescherung gibt es sein Lieblingsessen und dann spielen sie gemeinsam Memory und Monopoly.

10 Jahre · Nach der Bescherung, dem Nachtessen und einem Kinderfilm im Fernsehen baut Florian die vielen Geschenke neben seinem Bett auf. Er betet: „Bitte lieber Weihnachtsmann, mach, dass meine Eltern wieder gut miteinander sind." Traurig schläft er ein, aber doch mit einer gewissen Hoffnung, dass sein Gebet irgendwo da oben angekommen ist. Ein halbes Jahr später ist sein Vater ausgezogen. Von da an ist er sich endgültig sicher, dass es keinen Weihnachtsmann gibt.

11 Jahre · Florian ist mit seiner Mutter und Oma, der Mutter von Papa, alleine. Er setzt sich auf den Stuhl seines Vaters und vertritt ihn stolz. Auf seinen alten Platz hat er den Teddy gesetzt, den er jetzt nicht mehr braucht. Als er die Weihnachtsgeschichte vorliest, weint seine Mutter leise vor sich hin. Er nimmt sie wie ein richtiger Mann in den Arm und tröstet sie. Da weint auch noch die Oma.

12 Jahre · Bis achtzehn Uhr ist Florian bei seinem Vater, dessen neuer Frau und dem kleinen Bruder Steve. Auch die Oma ist da. Keiner kümmerte sich um ihn. Alle stehen um das Baby, das abwechselnd plärrt oder schläft, und plappern albernes Zeug. Die zweite Hälfte des Abends bei seiner Mutter ist auch nicht viel besser. Die Bescherung fällt aus, weil sein Vater angeblich zu wenig Unterhalt bezahlt hat. Dann ist da auch noch der Freund von Mama, der dauernd mit ihr rumturtelt. Ätzend, wenn Alte schmusen!

13 Jahre · Papa holt ihn nicht, weil er die Harmonie in der neuen Familie gestört hätte. Als Geschenk bekommt er dessen alte Schlittschuhe, weil er wegen den Unterhaltszahlungen kein Geld hat, um ihm neue zu kaufen.
Mama ist mal wieder solo. Am Nachmittag von Heiligabend schmücken sie gemeinsam den Tannenbaum. Um Mitternacht besuchen sie die Christmette. Als Florian zusammmen mit seiner Mutter in der stockdunklen Nacht nach Hause geht, denkt er, dass es mit ihr alleine am allerschönsten ist.

14 Jahre · Mama feiert mit ihrem neuen Freund unterm Tannenbaum Verlobung. Florian schämt sich vor seinen Freunden, dass seine Mutter in ihrem Alter noch mit einem Mann herumschmust und wahrscheinlich, so vermutet er, auch noch Geschlechtsverkehr hat. Von seinem Vater hatte er schon zwei Wochen vorher 50 Euro für ein Geschenk erhalten, aber eingeladen wurde er wieder nicht, obwohl er den kleinen Steve inzwischen ganz süß findet.

15 Jahre · Plötzlich soll Florian an Heiligabend doch wieder zum Vater. Jetzt will er aber nicht mehr. Aber auch die spießige Weihnachtsfeier bei seiner Mutter und ihrem „Lebensgefährten", wie sie ihren Freund nennt, ödet ihn an. Er geht früh auf sein Zimmer und holt die Fotos von der Schulfete heraus. Yvonne sah klasse aus. Aber die hatte ja nur Augen für Enrico, kein Wunder, der hat schließlich auch keine Pickel. Er setzt sich Kopfhörer auf und lässt sich volldröhnen. Er weiß, dass man davon schwerhörig wird, aber das ist ihm scheißegal. Bis es soweit ist, lebt er vielleicht gar nicht mehr. Vermissen würde ihn ja sowieso keiner!

16 Jahre · Ungeduldig lässt er die Weihnachtsfeier mit Mama und Eric über sich ergehen. Hauptsache, er darf noch anschließend ins Jugendzentrum. Dort treffen sich alle aus seiner Clique. Es war schon ein harter Kampf, bis er das durchgesetzt hatte. Er hätte nicht gedacht, ausgerechnet von Eric Unterstützung zu bekommen. Hoffentlich darf Nicole auch kommen, die hat unheimlich konservative und ziemlich strenge Eltern. Na ja, sie ist halt ein anständiges Mädchen.

17 Jahre · Monique, mit der er seit vier Monaten geht, wollte ihn an Heiligabend mit nach Hause nehmen. Er hätte das toll gefunden, zumal sie noch zwei Brüder hat, mit denen er sich gut versteht. Aber seine Mutter war zutiefst gekränkt, als er einen entsprechenden Vorstoß wagte. Dann lässt sie ihn doch noch gegen 21 Uhr gehen. Moniques Eltern freuen sich über seinen unerwarteten Besuch, obwohl er nicht weiß, über was er sich mit ihnen unterhalten soll. Richtig schön wird es erst, als er endlich mit seiner Freundin alleine auf ihrem Zimmer ist. Aber das geht niemanden etwas an!

18 Jahre · Florian ist im Weihnachtsstress. Am Nachmittag fährt er kurz bei seinem Vater vorbei, um den versprochenen Zuschuss fürs Auto abzuholen. Er bleibt länger als geplant, weil er sich zum ersten Mal ganz vernünftig mit ihm unterhält. Bei Oma muss er auch noch vorbeischauen, die kann ihre Wohnung nicht mehr verlassen. Dann die Bescherung bei seiner Mutter, immer noch ist Anwesenheitspflicht! Schließlich zu Monique und deren Eltern. Die wären stocksauer, wenn er nicht käme, schließlich haben sie ein großes Geschenk für ihn. Gegen 22 Uhr treffen sich alle aus der Clique in der Bierbörse: jetzt ist Weihnachten.

19 Jahre · Dieses Jahr läuft alles schief. Sein Vater ist arbeitslos geworden und kann ihm kein Geld geben, wo er doch unbedingt neue Klamotten gebraucht hätte. Monique macht Schluss mit ihm. Es hatte ihn schon schwer getroffen, dass sie „einen richtigen Mann" wollte und kein „Mama-Kind". Ausgerechnet seine Mutter, die immer für ihn da war, lässt ihn auch alleine. Mit Eric verbringt sie Weihnachten in den Bergen, ein alter Traum von ihr. Na, so ein Quatsch! Jetzt sitzt er mit Robert, seinem heruntergekommenen Schulfreund, in der Bierbörse und trinkt sich einen an.

20 Jahre · Zu fünft feiern sie zusammen im Studentenwohnheim. Im Zimmer von Ina haben sie einen winzigen Tannenbaum aufgestellt. Jeder hat aus dem Päckchen von zu Hause etwas beigesteuert. Weihnachtsgebäck von Ina, Wein von Stefan, Salami von Michael, Käse von Jeannette und von ihm eine Geschichte aus dem Buch, das seine Mutter geschickt hat. Am Schluss versuchen sie auch noch ein paar Weihnachtslieder zu singen, aber keiner kann so richtig den Text. Als er gegen 2 Uhr im Bett liegt, denkt er an seine Mutter. Warum nur war er nicht nach Hause gefahren? Das hatte sie eigentlich nicht verdient.

21 Jahre · Sabine ist wunderschön. Florian stellt sie an Heiligabend seiner Mutter und Eric vor. Auch bei Oma und seinem Vater schaut er vorbei. Florian findet es peinlich, wie dieser mit seiner Freundin flirtet. Sabine schwärmt: „In so einen älteren Mann könnte ich mich verlieben. Die sind so lebenserfahren und so charmant!" „Wahrscheinlich auch impotent", bemerkt er bissig.

22 Jahre · Florian ist mal wieder solo. Seiner Mutter zuliebe kommt er nach Hause und findet plötzlich das Weihnachtsfest, wie er es aus seiner Kindheit kennt, gar nicht so schlecht. Während sie mit ihrem Freund in die Christmette geht, sucht er vergeblich seine alte Clique in der Bierbörse. Ob die schon alle im Bett bei der Freundin liegen?

23 Jahre · Florian steht mit Evelyn vor dem Weihnachtsbaum und schaut entzückt auf den einjährigen André, der mit großen Augen nach den Lichtern greift. Er ist glücklich. Er hat eine eigene kleine Familie. Etwas wehmütig denkt er an seine Mutter. Aber sie wollte ja nicht an Heiligabend kommen, weil sie es nicht gut findet, dass seine Freundin älter ist als er und auch noch einen „Balg" mitbringt. „Du willst doch mal eigene Kinder haben, von eigenem Fleisch und Blut", hat sie gemeint. Nein, das muss nicht sein. Beim Blick auf die Krippe fällt ihm Josef vor über 2000 Jahren ein: Hatte der nicht auch alles für

den kleinen Jungen getan, der nicht sein eigener war? Er beugt
sich zu dem süßen Kerl und macht „Eidada" und schwenkt sein
Weihnachtsgeschenk, einen kleinen Kuschelbär, vor den großen, leuchtenden Augen hin und her.

„Ob ich vor 22 Jahren auch so ein aufgewecktes Bürschchen
war?"

Völlig überflüssig

Heute, am Morgen des Heiligen Abend, ist Ronald allein zu Hause. Das Ganze hatte seinen Anfang genommen mit der Frage seiner Mutter nach seinen Geschenkwünschen.

„Am besten du gibst mir Geld, dann kaufe ich Klamotten."

„Da will ich dabei sein."

„Und warum?", begehrte er auf. „Ich bin alt genug, selbst einkaufen zu gehen."

„Du bist fünfzehn! Weißt du, wie es mir in deinem Alter ergangen ist?"

Ronald stöhnte, immer die gleiche Litanei. „Ich weiß, du musstest arbeiten bis zum Umfallen und durftest das Haus nicht verlassen. Wahrscheinlich hast du auch noch die gebrauchten Kleider von deiner Schwester getragen."

„Du kannst dich auf den Kopf stellen, ich bin dabei, wenn du dir etwas zum Anziehen kaufst. Ich will nicht, dass du ständig nur in Schwarz rumläufst!"

Die nächste Auseinandersetzung hatten sie, als ihn seine Mutter auf den Markt schickte, einen Weihnachtsbaum zu besorgen. Er weigerte sich. Was sollten seine Freunde denken, er mit einem Baum unterm Arm? „Vielleicht hast du auch noch den Weihnachtsmann bestellt?", begehrte er auf. „Können wir den Kinderkram nicht bleiben lassen?"

„Und wie stellst *du* dir eine Weihnachtsfeier vor?", fragte seine Mutter mit mühsam beherrschter Stimme, wobei ihre Adern auf der Stirn bläulich hervortraten.

Er nahm gemütlich im Sessel Platz, streckte die langen Beine weit von sich und dachte einen Moment nach: „Bescherung ist schon o. k., und dann ein ordentliches Essen. Du könntest mal wieder Schnitzel mit Pommes machen. Zum Nachtisch vielleicht Vanilleeis mit heißen Himbeeren." Er lachte sie an.

„Und deine Beteiligung bitte? Sorgst du fürs Programm? Eine Weihnachtsgeschichte oder ein Gedicht. Na, wie wär's?"

„Ich könnte Musik auflegen. Elvis, das war doch deine Zeit."

„Wir haben Weihnachten und nicht Fasnacht", verwarf sie ärgerlich seinen Vorschlag.

Da schrie er seine Mutter an: „Und was ist für dich Weihnachten? Kitschige Lieder und das Getue mit Stefan unterm Weihnachtsbaum?" Er hatte bisher zwar noch keinen ihrer Freunde, die sie seit der Scheidung vor zwei Jahren mitgebracht hatte, gemocht, aber dieser war für ihn der Gipfel. Ein Lehrer! Als hätte er mit dieser Sorte nicht schon genug Ärger.

Seine Mutter stand mit offenem Mund da. „Jetzt ist Schluss", flüsterte sie, drehte sich um und ließ ihn stehen.

„Mein Gott, macht die ein Theater, bloß weil ich ihr mal die Meinung gesagt habe", dachte Ronald und machte sich auf den Weg zu seinen Freunden, die auch der Ansicht waren, dass die „schleimigen Weihnachtsfeiern ihrer Alten zum Kotzen sind".

In den folgenden Tagen wurde zwischen Mutter und Sohn nicht viel gesprochen. Das war ihm nicht unrecht, so brauchte er ihr auch nicht zu sagen, dass er in Englisch eine Vier-bis-Fünf und in Mathe eine Fünf geschrieben hatte.

Gestern nun hatte Ronald festgestellt, dass seine Mutter ihren kleinen Reisekoffer packte. Sie sagte kühl und ohne hochzuschauen: „Damit du Bescheid weißt, Heiligabend verbringe ich bei Stefan. Da ich morgen nicht arbeiten muss, fahre ich schon heute Abend. Du kannst Heiligabend ganz nach deinem Geschmack feiern. In der Tiefkühltruhe ist genug zum Essen. Am zweiten Feiertag bin ich dann zum Frühstück wieder da."

*

Ronald wirft einen Blick auf den Wecker. Erst neun Uhr! Seit geraumer Zeit liegt er wach im Bett und das, obwohl er die halbe Nacht ferngesehen hat. Es gelingt ihm einfach nicht auszuschlafen. Ursprünglich wollte er nicht vor zwölf Uhr aufstehen. Er wandert durch die Wohnung. „Schon seltsam", denkt er, „ es ist alles so still und leer." Er hat Heiligabend ganz anders in Erinnerung. Die Geräusche aus der Küche, der Duft nach Kuchen und Tannennadeln, die Hektik, Aufregung und Erwartung, das alles vermisst er plötzlich doch. Er schüttelt sich. „So ein Quatsch, jetzt mach' ich es mir mal richtig gemütlich."

Das Frühstück lässt er ausfallen. Dafür schaltet er den Fernseher an. Morgens, das hat bei seiner Mutter den Rang einer Todsünde. Nach einiger Zeit stellt er allerdings fest: „Es kommt ja lauter Kinderkram oder alte Filme für Omas". Als ihm gar nichts mehr einfällt, fängt er an sein Zimmer aufzuräumen. „Freiwillig macht das viel mehr Spaß!"

Der überquellende Abfalleimer ist eine willkommene Gelegenheit, mal runter zu gehen. Die Straße ist wie leergefegt, weit und breit niemand, mit dem er hätte reden können. „Bestimmt liegen alle noch im Bett!"

Als er den Deckel vom Müllcontainer hochhebt, steht plötzlich Herr Schumann, der alte Mann aus der Nachbarwohnung, neben ihm.

„Hallo Ronald", sagt dieser freundlich, „ich wünsche dir und deiner Mutter fröhliche Weihnachten. Grüß' sie bitte von mir."

„Meine Mutter ist nicht da."

„Was heißt nicht da?"

„Sie ist über Heiligabend bei Bekannten."

„Und du bist nicht mitgegangen?"

„Sie wollte mich nicht dabei haben", schwindelt Ronald.

„Also ehrlich, das kann ich mir nicht vorstellen. Habt ihr euch vielleicht gezankt?"

„Na ja, so eine kleine Meinungsverschiedenheit gab es schon", gibt Ronald kleinlaut zu. Aber dann holt er Luft und fährt großspurig fort: „Also ich will Ihnen mal etwas sagen, ich feiere lieber alleine, da macht mir niemand Vorschriften. Ich freu' mich richtig drauf."

„Ich habe da andere Erfahrungen", gibt Herr Schumann zu bedenken. „Heiligabend ist doch so etwas wie eine Familienfeier. Ich finde es schlimm, wenn man an diesem Abend allein sein muss. Aber sag' mal, könntest du mir nicht helfen, meinen Baum zu schmücken, das fällt mir doch schon schwer."

„Oh ja", sagt Ronald schnell, „ich helfe Ihnen gerne, ich habe da Erfahrung. Letztes Jahr habe ich bei uns den Baum auch geschmückt."

„Wenn das so ist", fährt der alte Mann zögernd fort, „könntest du auch noch zum Essen bleiben. Es gibt aber nichts Besonderes, nur Würstchen und Kartoffelsalat."

Ronald bekommt glänzende Augen: „Würstchen! Das ist ein Lieblingsessen von mir. Das finde ich toll, dass Sie mich einladen."

„Aber ich bin nicht allein, zum Nachtessen kommt meine Enkelin. Weißt du, seit meine Frau gestorben ist, kommt sie immer an Heiligabend, leistet mir Gesellschaft und übernachtet hier. Sie dürfte so in deinem Alter sein, ihr versteht euch bestimmt gut."

Da ist Ronald sich allerdings nicht so sicher. Mädchen in seinem Alter gibt es drei Sorten, die einen sind dünn wie ein Stecken mit staksigen Beinen und strähnigen Haaren, die zweiten sind pummelig mit Pickeln auf der Nase und die dritten, die ihm gefallen würden, die ignorieren ihn.

Punkt 14 Uhr läutet Ronald bei seinem Nachbarn. Herr Schumann führt ihn ins Esszimmer, wo er den Tisch für zwei Personen gedeckt hat. „Bevor wir an die Arbeit gehen, trinken wir zuerst gemütlich einen Tee und essen ein paar Weihnachtsplätzchen. Nicht wahr?"

„Gerne", Ronald nickt. „Ein richtiger Opa", denkt er wehmütig. Traurig erinnert er sich, dass seine Oma früher auch so war. Er erzählt von seinen Freunden, von der Schule und den Lehrern. Der alte Mann hört ihm gerne zu und lacht herzlich, wenn Ronald von den Streichen erzählt, die sie den Lehrern spielen. Auch er hat so einiges in seiner Schulzeit erlebt und Ronald stellt fest, dass es früher auch nicht viel anders zuging als heute. Gemeinsam schmücken sie dann das kleine Bäumchen, das in der Ecke auf einem niedrigen Tisch steht, mit altmodischen silbernen Weihnachtskugeln und Lametta.

Herr Schumann, den er inzwischen insgeheim Opa Schumann nennt, kramt Wachskerzen aus seiner Schublade und reicht sie Ronald, damit der sie auf dem Baum befestigt. „Richtiges Kerzenlicht ist einfach viel festlicher als künstliches!"

Um achtzehn Uhr sitzen die beiden erwartungsvoll im Wohnzimmer. Jetzt fehlt nur noch Andrea, die Enkelin. Im Hintergrund spielt leise Musik. Beide schauen immer wieder auf die Wanduhr. Ronald denkt: „Wenigstens pünktlich könnte sie sein."

Da, endlich klingelt es an der Haustüre. Herr Schumann atmet erleichtert auf, er hatte schon Angst, es sei ihr etwas zugestoßen. „Ronald, könntest du aufmachen?"

Langsam schlendert er zur Tür. „Nur cool jetzt!" Er reißt sie auf. Mitten in der Bewegung hält er inne und staunt. Er kann es nicht fassen. Wer ist denn das? Da steht seine Traumfrau!

Schulterlanges, kastanienbraunes, gewelltes Haar, ein feinge-schnittenes Gesicht, Stupsnase, zierlich und doch eine super Figur. Warme, braune Augen leuchten ihn neugierig an.

„Hallo, ich bin Andrea, ich wollte eigentlich zu meinem Opa", tönt es aus violett geschminktem Mund.

„Hal-lo", stottert Ronald. „Dein Opa wartet schon unge-duldig. Ich bin nur zu Besuch. Eigentlich wohne ich da drü-ben." Er zeigt auf die Haustüre gegenüber.

Entschlossen geht sie an ihm vorbei ins Esszimmer, wo sie ihren Opa mit einem Kuss begrüßt. Ronald folgt ihr verlegen. Das ist genau die Sorte von Frau, die auf dem Schulhof durch ihn hindurchsieht. In seinem Kopf überschlägt sich alles. Über was soll er sich mit ihr unterhalten? Ob sie sich für Musik in-teressiert? Hätte er nur die guten Turnschuhe und die neuen Blue Jeans angezogen. Rasierwasser hat er auch vergessen. Ob er nach Schweiß riecht?

Es lässt sich alles viel besser an als erwartet. Opa und Enke-lin haben schnell die Familiennachrichten ausgetauscht, dann reden sie über Schule, Erwachsene, Eltern im Allgemeinen und ihre eigenen im Besonderen. Ronald fühlt sich richtig wohl. Er hat nur ein Problem: immer wenn ihm Andrea beim Sprechen lachend in die Augen schaut, wird er rot und ihm bricht der Schweiß aus. Zwischendurch geht er mal schnell in seine Wohnung rüber und sprüht sich kräftig mit Deodorant ein.

Verlegen steht er daneben, als sich Andrea und Opa Schu-mann gegenseitig bescheren. Opa Schumann bekommt einen Schal und eine Flasche Cognac, Andrea ein Buch und Prali-nen. Sie dreht sich zu Ronald um, hebt die Schachtel hoch und sagt: „Die geben wir Ronald, der Arme geht sonst leer aus." Opa Schumann lächelt zustimmend.

Als sie gemütlich um den Esszimmertisch sitzen, fragt Ro-nald: „Magst du eigentlich Musik?"

„Es kommt darauf an!"

„Was magst du?"

„Schubert, Bach, Mozart ..."

„Das ist doch klassische Musik!", ruft Ronald entsetzt aus. – „Entschuldige, ich habe es nicht so gemeint. Aber nicht mal meine Mutter hört solche Musik, die steht auf Oldies von Elvis und den Beatles."

„Ach, das sind nur Vorurteile. Du hast bestimmt noch nie richtige klassische Musik angehört!"

Diskussionen sind das Letzte, was er jetzt will. Deshalb lenkt er schnell ein: „Vielleicht hast du Recht. Bei nächster Gelegenheit werd' ich mich mal damit befassen ..."

Da strahlt sie: „So eine Gelegenheit hast du gleich übermorgen. Ich spiele im Schulorchester Geige. Wir geben am zweiten Weihnachtsfeiertag ein Konzert. Du kannst Opa begleiten, der kommt auch."

„Das wäre schön, wenn ich nicht alleine hin müsste", mischt sich der jetzt ins Gespräch ein. Er schaute auf seine Armbanduhr. „Es wird Zeit, zur Christmette zu gehen, Andrea und ich gehen jedes Jahr in die Heilig-Geist-Kirche", erklärt er Ronald. „Aber ehrlich gesagt, in diesem Jahr bin ich zu müde dazu. Könnt ihr beide nicht alleine gehen?"

„Fühlst du dich nicht gut?", fragt Andrea besorgt.

„Mir geht es blendend. Ich habe schon lange nicht mehr einen so schönen Heiligen Abend verlebt. Aber es war alles ein bisschen viel. Ronald begleitet dich, nicht wahr?"

Als sich die beiden verabschieden, ermahnt er sie: „Seid aber leise, wenn ihr zurückkommt. Wenn ich wach werde, kann ich die ganz Nacht nicht mehr einschlafen."

Ronald geht neben Andrea her. Seine Hände stecken tief in den Taschen des Anoraks, weil er nicht recht weiß, wohin mit ihnen. Dann lässt er sie in Hüfthöhe baumeln, so wie er es in einem alten Western gesehen hatte. Gleichzeitig werden die Schritte federnd. „Cowboys sind out", denkt er nach einigen Minuten. Er strafft die Schultern und geht schneller.

Da fragt Andrea: „Sag mal, hast du was?"

Beinahe wäre er vor Schreck gestolpert.

Schweigsam legen sie den restlichen Weg zur Kirche zurück. Am Eingang nimmt Andrea zwei Gesangbücher und gibt eines an Ronald weiter. „Schau mal wie schön!", flüstert sie ihm zu.

Er nickt ernsthaft: Die brennenden Kerzen, der große Tannenbaum, die beleuchtete Krippe, der Geruch nach Weihrauch und Tannennadeln, das ist Weihnachten! Als die Orgel das erste Lied intoniert, schlägt Andrea das Gesangbuch auf und fängt mit heller Stimme zu singen an. Ronald beobachtet ihr ernstes Gesicht von der Seite. „Sie ist schön", denkt er.

Lächelnd wendet sie sich zu ihm und flüstert etwas. Als sie merkt, dass er sie nicht verstanden hat, deutet sie auf das Lied im Gesangbuch, das gerade gesungen wird. Er öffnet und schließt den Mund, seit dem Stimmbruch kann er nicht mehr singen. Sie schaut ihn kurz von der Seite an, runzelt die Stirn und schüttelt dann lächelnd den Kopf.

Als sie sich beim Ausgang durch die Menge drängen, nimmt sie ihn wie selbstverständlich an der Hand und zieht ihn hinter sich her. Er greift fest zu und lässt sie nicht mehr los, bis sie vor der Haustüre stehen. Den ganzen Heimweg traut er sich nicht, etwas zu sagen, aus Angst der Zauber könnte brechen.

Verlegen stehen sie sich auf dem Treppenabsatz zwischen den beiden Wohnungstüren gegenüber. „Na dann tschüss", sagt sie. „Das war ein schönes Weihnachtsfest."

„Ja, das war es," bestätigt er.

*

Opa Schumann und Ronald haben in der fünften Reihe Platz genommen. Andrea sehen sie erst, als der Vorhang aufgeht. Sie ist noch schöner, als Ronald sie in Erinnerung hat. Zweifel beschleichen ihn. „Ich kann mir nicht vorstellen, dass ich bei der echte Chancen habe."

Verstohlen hat Andrea die ganz Zeit nach den beiden ge-
schaut. Aber erst während des zweiten Stückes erkennt sie im
Saal den dunklen Schopf von Ronald. Ihr Geigenbogen macht
einen Hüpfer, was ihr einen tadelnden Blick des Dirigenten
einbringt. Sie mag diesen schlaksigen, schüchternen Jungen,
der immer rot wird, wenn sie ihn ansieht. Sie spürt, dass sich
hinter seinen ernsten blauen Augen ein sensibler, leicht ver-
letzbarer Mensch verbirgt. Als nach etwa einer Stunde das
letzte Stück angestimmt wird, bedauert Ronald, dass schon
alles vorbei ist. Es war wunderbar, Andrea beim Spielen zuzu-
sehen, ihr konzentriertes Gesicht, ihre Haare, die sie mit einer
kleinen Bewegung nach hinten wirft, einfach alles an ihr, und
die Musik, die Musik gefällt ihm. Begeistert klatscht er Beifall
und er lässt sich auch von den missbilligenden Blicken der
Leute um ihn herum nicht abhalten, laut „Zugabe" zu rufen.
Stolz schreibt er es seinem Einsatz zu, dass das Orchester zwei
weitere Stücke spielt.

„Es war einfach toll", empfängt er Andrea in der Vorhalle.

„Mein Gott war ich aufgeregt", sprudelt es aus ihr heraus,
„so viele Leute, und dann du und Opa im Publikum. Ich muss
jetzt einfach jemanden umarmen!" Und schon fällt sie ihm um
den Hals.

Opa Schumann zieht sich lächelnd an die Sekt-Bar zurück.

Ronald schließt die Augen: „Was fang' ich bloß mit diesem
weichen Körper an", denkt er. Sanft, fast wie zufällig, legt er
die Hände auf ihren Rücken. Weihnachten ist da.